マドンナメイト文庫

浴衣ハーレム 幼なじみとその美姉

竹内けん

目次

contents

浴衣ハーレム　幼なじみとその美姉

第一章　町内会盆踊りでの再会

「町内会の盆踊りって……。ガキじゃないんだから……」

蒸し暑い夏の夜。暗い田んぼの畦道(あぜみち)の先にある灯に向かって歩きながら、原田悟(はらださとる)は溜め息をついた。

悟の年齢は十七歳だ。地元の県立高校に通っている。ド田舎に住んでいる、自他ともに認める田舎者だ。

実家は兼業農家で、夏休みは家の手伝いをやらされている。

具体的には、芋掘りに始まって、茄子(なす)やトマトやキュウリの収穫、さらには田んぼの畔(あぜ)の雑草取りとかだ。

都会の人や農業に興味のない人は、兼業しているのは本業だけでは食えないためだ、と勘違いしている場合が多い。

しかし、最近の農業は、品種改良がなされ、機械化が進み、農薬も進歩したため、繁忙期以外は高校生が見まわる程度でなんとかなってしまう。

暇な時間に他の場所で働いているだけのことだ。また、もし豊作になりすぎて市場価格が暴落したときでも、副収入があれば問題なく食っていける。

その意味で、専業農家のほうが、大規模であればあるほどに危うい。なにか事があったとき、洒落にならない大損害を受ける。

つまり、兼業農家とはリスクヘッジをしているだけであり、小金持ちが多いのだ。

夏休み期間中、家業の手伝いに追われている悟であったが、親から小遣いをもらってバイトをしている感覚である。

そんな雑務に追われているうちに、瞬く間に夏休みの前半は終わり、お盆になった。

毎年恒例、町内会主催の盆踊り大会が行われる夜である。

伝統があるのかないのか知らないが、しみじみするほどしょぼいイベントだ。

それでも子供のころは喜んで参加していた。なぜなら、アイスとジュースが無料配布されるからだ。

とはいえ、さすがに高校生になると、アイスやジュース程度では釣られない。

悟は出たくはなかったのだが、ご近所の義理から参加しないわけにはいかなかった。

両親にきつく言われた故のしぶしぶ参加である。

「悟、よーきた」

安物のスピーカーから大音響で流れる祭りばやしは、音割れしていて耳障りだ。

それをバックミュージックに、生まれたときから知っている近所の爺さん婆さん、オジサンオバサン、兄ちゃん姉ちゃん、友だち、さらにはガキどもと軽く挨拶を交わす。

(さて、顔は出したし、もういいだろう。どうやって逃げ出すかな)

この祭りに参加する唯一の意義である、ソーダ味のアイスを舐めながら思案していると、背後から腹立たしい上から目線の声が聞こえてきた。

「悟も来たんだ。感心、感心」

顔を見なくともだれかはわかる。隣の家の安田桃子(やすだももこ)だ。

安田家も、兼業農家である。

桃子と悟は同じ年。つまり、だれもが認める幼馴染みだ。

別に付き合っているわけではないし、もちろん、将来を誓い合ったわけでもない。

それなのに二人の友人知人のだれもが、いずれ二人はくっつくと思い込んでいる。

特に桃子の父親に至っては、娘を悟に押しつける気満々だ。

「だれがあんなかわいげのねぇ女を嫁にするかっての」

といつも毒づくのだが、だれも本気にしてくれないのだ。

毎日毎日、顔を合わせている見飽きた顔など見たくはなかったが、無視するわけにもいかない。

「うるせぇ……なっ⁉」

邪険に応じた悟であったが、振りかえったところで絶句した。

そこにあったのは予想どおりの顔だ。

丸顔で、肌は健康的に日焼けしている。黒目がちの大きな目はクリクリしていて生気に満ちて、いかにも勝気そうだ。

小さな鼻に、厚ぼったい唇をしていて、狸を連想させる間抜け面だ、と悟は思っているのだが、なぜか友人たちは揃いも揃って、桃子のことをかわいいと絶賛して嫉妬してくる。

女としては中肉中背だろうが、肢体は健康的に引き締まっていた。

高校では、テニス部なる似合わぬ部活に所属している。運動神経はそれなりにいいらしい。先日は県大会でいいところまでいったので、仕方なく悟も応援に行ってやった。

ただし、準決勝で敗北。相手は本当に強くて、全国大会でも優勝を狙える、その筋では有名な選手だったらしい。

見事なまでのストレート負けだった。友人知人の前では「仕方ないよ」とへらへら笑っていたが、悟と二人きりになると大泣きしたので、大変迷惑を被ったものだ。

そういうどこにでもいる平凡な、うざい女である。

しかし、今夜はいつもと装いが違った。

セミロングの黒髪を後頭部で縛って、短めのポニーテールにしているのはいつものことだが、そこに赤い花飾りをつけている。

身に纏っているのは藍色の浴衣だった。黄色い帯を締めて、手にはピンク色の小洒落た巾着袋を持っている。足下は草履だ。

「えへへ、お父さんに買ってもらったんだ。おニューだよ、おニュー。どお?」

桃子は軽く、着物の左右の袖を引っ張って見せつけてくる。

鮮やかな水玉模様の刺繍がされていた。

さらに桃子は、右足を軸としてクルリと一回転してみせる。後ろの帯には、朝顔の絵の散りばめられた団扇を挿していた。

「お、おう。わ、悪くないんじゃね……」

悟は大人のつもりであるから、相手が喜んでいるのに、水を差すようなことは言わないつもりだ。

褒めてやる。

しかし、声が上ずっていたことは自分でもわかった。

いままで色気など微塵も感じたことのなかった幼馴染みが、唐突に色っぽく見えたのだ。

「ほ、ほぉ～」

悟の反応に、桃子は嬉しそうに顔を近づけてきた。

さすがに幼馴染みだけあって、悟のちょっとした感情の変化が読めるらしい。

「どうやら、悟はあたしの新たな魅力に気づいてしまったようですな」

「言ってろ」

いかにふだんと違う装いをしていても、中身はうざい女に違いなかったようだ。

吐き捨てて顔を背けた悟の右手を、桃子は取る。

「まぁいいや。盆踊り大会だよ。ほら、踊ろうよ」

「ったく、仕方ねぇな」

高校生にもなって、町内会の盆踊り大会に参加している自分が気恥ずかしく踊る気などなかった。とはいえ、無碍(むげ)に断ったら場の空気が悪くなるだろう。

（俺は空気の読める男なんだ。大人だからな）

そう自分に言い聞かせて、桃子とともに、しぶしぶ輪に入る。

いちおう、物心ついたときから毎年、参加しているわけで、恥ずかしくて苦痛ではあったが踊れないわけではない。

軽く踊ったあと、悟と桃子は会場の隅にあった飲み放題のジュースを片手に一息つく。

右手に持った団扇で、自分の顔をあおぎながら、桃子は満足そうに笑う。

「いや〜、踊った踊った。毎年、この町内会の盆踊りに来ると、夏が来たって気分になるよね」

「いや、そうとう前から暑いぞ」

悟のツッコミに、桃子は団扇を持った右手を振り上げる。

「祭りはこれからが本番でしょ。竿灯(かんとう)に、みなと祭り、花火大会」

「遊ぶ気満々だな」

「当然っ！」

景気よく応じる桃子だが、独りで行くわけではないだろう。当たり前のように、悟を付き合わせるつもりだ。

(面倒くせぇな)

と思う悟だが、桃子が自分以外の男と祭りに行くなどという事態を露ほども考えてない。

安物のスピーカーから、司会のおっさんが読み上げる声が聞こえてきた。

「花代として市議会議員の○○さまから一千万いただきました」

毎年聞かれる恒例のアナウンスだ。商店街会長だ、市議会議員だ、県会議員だ、町内会長だ、市長だ、スーパーの社長だ、といった名士からの花代という名目の寄付金が読み上げられる。

悟は長年の疑問を口にした。

「しかし、景気いいよな。こんなしょぼい祭りに一千万なんてなにに使っているんだ。全部合わせたら、軽く億を超えるだろう」

桃子が呆れた顔で応じる。

「はぁ? 語尾をよく聞きなさいよ」

「スーパーまさき屋の社長さまから花代として一千万両いただきました」

「両?」

戸惑う悟に、桃子は得意げな顔で説明する。

「景気づけのためよ。十倍だか百倍だか一千倍だかにしてアナウンスしているの」

場を盛り上げるために、実際の金額に盛って報告するのが慣例になっているのだ。円ではなく、両といっているところが良心なのか、若干の後ろめたさなのか、遊び心なのか、悟にはわかりかねる。

「なるほど……」

「あはは、なに本気で一千万円とか思っていたの？　バッカねぇ～。悟ってば素直、純粋って言ってあげるべきかしら？」

「うるせぇな！」

自分でも、あまりのバカバカしさに気恥ずかしさを感じた悟が、顔を赤くして吠える。

そこにしっとりとした大人の女性の声が割って入った。

「あなたたち相変わらず仲がいいわね」

「あ、お姉ちゃん」

桃子がそう呼んだのは、白地にオレンジ色のホウヅキの絵柄の入った浴衣に、赤い帯を付けたすらっとした大人の女性だった。

桃子の姉といえば一人である。

安田みどり。

今年二十歳になる。去年、東京の大学に進学していた。

なにを隠そう、悟の初恋の女性である。

しかし、悟は一瞬だれかわからなかった。

というのも、悟の知っているみどりは、東京の大学に進学するくらいだから、頭もよくて近所で評判の優等生であった。

外見も真面目で、黒髪を三つ編みにしている、どちらかといえば地味めの女性であった。

しかるに、そこにいたのは、甘栗色に脱色した長髪にゆるふわパーマをかけ、化粧もばっちり決まったおしゃれなお姉さんだったのだ。

それでもなんとか面影を見つけた悟は、言葉に詰まりながら挨拶をする。

「み、みどりおねえ、いや、さん。帰省していらしたんですね」

「なに他人行儀になっているのよ。悟くん、久しぶりね」

フレンドリーに笑ったみどりは、悟の肩を叩いてくる。

丸顔の妹とは違って、うりざね顔だ。

日焼けなどしたことがないのではないか、と思えるほどに真っ白な肌は、まるで真珠のようにツヤツヤとしている。美しく澄んだ目元に、白い歯。まさに明眸皓歯（めいぼうこうし）だ。悟はどぎまぎした。

もともと美人だったが、都会の水に染まったみどりはさらに美しくなり、すっかり垢ぬけてしまっている。

（なんだろう？　まるでテレビに出てくる女優さんみたいだ）

眩しくてまともに見られない。

意味もなく赤面して視線を逸らす悟を、みどりのほうはマジマジと頭の先から足下までみる。

「うんうん、ちょっと見ない間にいい男に育っちゃって。これは桃子もウカウカしていられないわね」

「もう、お姉ちゃん、なにいっているのよ！」

「あはは、あんたたちまだなんにも進展していないんだ。奥手ね〜」

浴衣の姉妹がじゃれ合っていると、別の方向から声が飛んできた。

「あ、みどりじゃない。帰っていたんだ」

「あ、静香（しずか）、久しぶり〜。なになに、まだ栄一（えいいち）と付き合っているの〜。桃子、悟くん、またね」

久しぶりの帰省ということで、挨拶する相手も多いのだろう。みどりは軽く手を振って離れていった。

呆然としている悟の胸元に、桃子が肘打ちをしてくる。

「あれ～、お姉ちゃんが美人になって驚いちゃった？」

「べ、別に……」

昔から美人であることは確かなのだ。ただ、おしゃれになっただけである。

偉そうに腕組みした桃子は、したり顔で続けた。

「あれは絶対に、東京で男できたわね」

「知らねぇよ」

吐き捨てた悟だが、内心では同意であった。

（みどりお姉ちゃん、大人になっちゃったんだ……）

遠い手の届かない人になってしまった気分だ。胸が痛い。

（そうだよな。みどりお姉ちゃんみたいな美人を、東京の男どもが放っておくはずがないか）

大人ならヤケ酒をあおるところなのだろうが、それもできない未成年としては、ジュースをあおった。

＊

「町内会主催の盆踊り大会はこれにて終了です。気をつけてお帰りください」

なんだかんだで、盆踊り会場に最後まで残っていた悟は、終了を告げるアナウンスを聞いて、傍らにいた桃子に声をかける。

「帰るか」

「うん」

悟と桃子の二人は連れ立って帰途につく。

「悟、桃子ちゃんをちゃんと送ってあげなさいよ」

「送り狼になるなよ」

からかいの声に見送られて会場をあとにすると、月明かりが煌々（こうこう）と照らすだけの物寂しい田舎道を歩く。

「みどり姉ちゃん、いつまでこっちにいるんだ？」

「さぁ、聞いてない。でも、大学って夏休み長いらしいから、けっこう、いるんじゃない？」

「そっか」

そんな世間話をしていると、桃子の歩みがいつもよりも遅いことに気づく。ふだんは元気いっぱいで、悟の前を歩く娘である。

「どうした？」

慣れない草履を履いて、靴擦れのようなことを起こしたのだろうか。それなら背負っていってやらなくてはならないだろう。

(面倒くせぇな)

と思いながら悟が質問すると、ピンク色の巾着袋を両手に待ってモジモジとした桃子は言いにくそうに口を開く。

「いや、その……花摘みに行きたいというか」

「花を摘む？　こんな夜中にか？」

困惑する悟に、桃子は苛立たしげに応じた。

「花を摘むというのは隠語よ。それくらい知っているでしょ」

「隠語？」

考える悟に、桃子はやけっぱちに応じた。

「あー、あんたにそういう情緒を期待してもダメよね。知ってた！　ちょっとトイレ行きたいの」

「もうすぐ家だろ。我慢しろよ」

「いや、我慢できないかも」

桃子の内股になった両足がガクガクと震えている。

事情を悟った悟は、右手で額を押さえた。

「ったく、タダだからってジュースを飲みすぎなんだよ。意地汚いやつだな」

「う〜……」

桃子は不覚といった顔で、恨めし気(げ)に睨んでくる。

悟は頭を掻きながら応じた。

「その辺でしてこい。だれも来ないように見張っていてやるから」

「あ、ありがとう」

桃子はいそいそと、藪に入っていく。その背中に、悟は注意を促(うなが)す。

「足下に気をつけろよ。蛇がいるかもしれないぞ」

「ひっ⁉」

悲鳴を呑み込んだ桃子は、立ち止まり悟の顔を見た。

「悟、近くにいて」

「はぁ？」

「ここ、ド田舎だよ。蛇、本当にいるって」

桃子は泣きそうな顔だ。悟は盛大に溜め息をついた。

「はぁ〜、わかったよ」

つくづく面倒臭い女である。

桃子を追いかけて雑木林に入った悟は、軽くあたりを見渡して安全を確認してから、場を譲る。

「ここなら大丈夫だろ」

桃子は、巾着を悟に押しつけてから、大急ぎで進む。

「蛇出たら、すぐに退治してよ」

「ああ、わかったから、とっとと済ませちまえ」

悟が邪険に応じると、あたりを不安そうに窺った桃子は、いそいそと着物の裾をからげて屈み込む。

「の、覗かないでよね」

「だれが覗くかよ」

といって背を向けた悟だが、ついつい桃子の背中を窺った。

屈みこんだ桃子は、浴衣を汚したくないのだろう。裾をかなり豪快にたくし上げている。

おかげでお尻が丸出しだ。

宵闇の中に白い尻が、光っているかのように見えた。

(尻は日焼けしていないんだな)

テニスに夢中になって、全身を真っ黒に日焼けしていると思ったのだが、例外の箇所はあるらしい。

すぐに股の間から液体が噴き出した。

勢いがかなり強い。本当に溜まっていたようだ。

(つくづく色気ねぇよな。みどりお姉ちゃんの半分、いや、十分の一、爪の垢ほども女っぽかったらな)

そんなことを考えているうちに、ことを終えたらしい桃子が無言のまま悟に手を差し出す。

巾着を返してやると、その中からポケットティッシュを取り出した桃子は、いそいそと股間を拭(ぬぐ)う。

穢れた紙を、その場に捨ててから立ち上がり、浴衣の裾を戻した。

「もう、いいのか？」

悟が確認すると、顔を真っ赤にした桃子は恨めし気に見上げてくる。

「見なかったでしょうね」

「当たり前だ。おまえの小便している姿なんて見ても面白くねぇよ」

「ふん」

なぜか怒っている桃子は、藪から出ると不意に間合いを取った。

「それじゃ、あたし、先に帰るね」

「あ、おい」

ばつが悪かったのか、桃子は小走りに帰ってしまった。

「まったく……」

一人残された悟は、肩を落として溜め息をつく。

（あいつ、なにを意識しているんだか……。いまさら、おしっこしている姿を見たからといって、幻滅するとか、そういう仲でもあるまいに……）

困惑していると、ふいに後ろから両目を塞がれた。

「だーれだ？」

女性の声だ。

優しく玲瓏。鈴の音のような心地よさがある。

それはいいとして、背中に柔らかいものを感じる。どうやら女性に抱きつかれているようだ。

うっすらと甘い化粧品の臭いが鼻孔をくすぐる。

「っ!?　みどりお姉ちゃん」

「あたり～、よくわかったわね～」

悪戯っぽく笑ったみどりは、悟の目元から白魚のような手を離してくれた。

振り向くと、目と鼻の先に、真っ白い顔と真っ赤な唇、長い睫毛に縁取られた大きな目があった。

（顔、チカ！）

驚いた悟は、慌てて顔を前に戻す。

その背中にみどりは抱きついた。両腕を悟の二の腕の上から回している。

綺麗な、まして初恋のお姉さんに抱きつかれた童貞少年は、拘束具に捕らえられてしまったかのように動けない。

それをいいことに、みどりは悟の右の耳元で甘く囁く。

「あんまりラブラブしているところを見せつけられると、お姉さんとしては意地悪したくなっちゃうな」

「な、なんのことですか？」

困惑する悟の胸元を、みどりの手が撫でまわす。

「あの子ったら子供なのよね。あんなことさせたら、男の子がどういう気分になっちゃうか、まるでわかってない」

そう言いながらみどりの両手が、悟の胸元から下腹部へと降りていった。そして、股間を捉える。

「みどりお姉ちゃん!?」

「こんなに大きくしちゃって……。桃子のお尻を見て、興奮しちゃったんでしょ？」

それが小さくならない、というか大きいままなのは、桃子よりもみどりのほうが主な原因である。と悟としては主張したかったが、言葉にはならなかった。

「あ、いや、俺は別に、あいつのことなんとも思っていないから……」

悟の必死の言い訳に、みどりは苦笑する。

「それはそれであの子に失礼よ」

「……」

「ねぇ、そんなことより気づいた？　あの子、ノーパンだったでしょ」

そういえば、穿いてなかった気がする。

「わたしがね。浴衣は日本の伝統文化だから、西洋モノの下着はつけないものよ、って教えてあげたら、本気でつけなかったのよ。もう素直でかわいいわよね。いまどき、そんなマナーないわよ。ノーパンで外を歩くだなんて、我が妹ながら将来が心配になるわ」

「……」

それはどう考えても、みどりさんが悪くありませんか、という言葉は、ズボン越しに股間を握られている少年の喉から出てこなかった。

まるで吸血鬼に捕らえられているかのようだ。いまにも後ろから首筋をカプリと噛まれそうに感じた。

「うふふ、妹の不始末は、姉がとってあげるわ」

そう言ってみどりは、悟の手をとると、雑木林の奥に入った。そして、悟を木の幹を背に立たせると、自らは膝を揃えてしゃがみこむ。

「みどりお姉ちゃん、なにを？」

「うふふ、わかっているくせに……」

そういってみどりは、悟のズボンを引き下ろす。

あらわとなった逸物は、臍に届かんばかりに反り返ってしまっていた。

それをみどりはしげしげと観察する。

「へぇ～、これが悟くんのおち×ちんか……。大きくなったわね。昔、お風呂に入れてあげたときは、ほんと豆粒みたいだったのに」

「い、いつの話ですか……」

そう答えながら悟は、みどりの顔の小ささに驚いていた。

悟の逸物の長さよりも、みどりの顔のほうが小さいのではないかと思える小顔である。

「そんな昔のことではないと思うけど……。体の洗いっこしたじゃない。悟くんはわたしのおっぱいを洗うのが大好きだった」

身に覚えがあるような、ないような、本当だったら忘れたことが許せない思い出だ。

「それがこんなに大きく育っちゃって」

そういってみどりは、右手で肉棒を摑んだ。

「うわ、ガチガチ。硬～い。これなら釘とか打てそうね。こんな大きくて硬いものを入れられたら、桃子、泣いちゃうわね。でも、包茎なんだ。かわいい」

「……」

みどりの指摘したとおり、悟は完全な包茎だ。

勃起しても、先端の尿道口が少し出ているだけだ。

男として恥ずかしいと思っていた。それを初恋。それもひそかに憧れていたお姉さんに指摘されて、悟は含羞を噛みしめる。

「まるで木の根みたいにゴツゴツしているのね」

しばらく面白そうに肉棒を弄んでいたみどりは、さらに左手を伸ばして肉袋を握ってきた。

「球がふたーつ、これが男の子の急所なのよね。ここをプチッと潰したら、どうなっちゃうのかしら？」

「や、やめてください」

怯える悟に、みどりは苦笑する。

「うふふ、そんなことしないわよ。かわいい悟くんの大事な宝物だしね」

そういいながらみどりは摘まんだ肉棒を軽やかにシコシコとしごき、肉袋をお手玉のように弄ぶ。

「ああ……」

自分以外の手に触れられて、ましてしごかれたのは初めてである。悟は忘我の境地で固まっていた。

悶える少年を見上げつつ、みどりは楽しげな声を出す。

「あらあら、先っぽから露が出てきたわよ。これなにかしら?」

「……」

尿道口に水玉が浮かんでいる。それがなんであるか、もちろん、悟はわかったが、それをみどりに告げる勇気はなかった。

「おいしそう」

ニッコリ笑ったみどりは、右手で肉棒を摘まんだまま、左手を肉袋から離し、まるでラーメンでもすするかのように、左手でゆるいパーマのかかった長い栗色の髪を掻き上げつつ、口唇を開いた。そして、ピンク色の濡れた舌を伸ばす。

(え、まさか……!?)

突然の展開に、驚愕して動けない悟をよそに、勃起して先端が少しだけ剝け出ている亀頭部に向かって、綺麗なお姉さんの舌先が入った。

ペロリ……。

尿道口を一舐めした舌先から粘液が糸を引き、月明かりに輝いて切れる。

舌を口内に戻したみどりは、両目をランランと輝かせながら笑った。

「美味しい」

ゾク……。

悟は悪寒を感じだ。

それは女吸血鬼に甘噛みされたかのような気分である。

怖いと思ったが逃げられない。

「悟くんの、おち×ちん、美味しいから、全部食べてしまいたい」

怯える少年を見上げて妖艶に笑ったお姉さんは、両手で逸物を挟むと再び舌を伸ばしてきた。

今度は、肉袋のあたりに舌を置き、裏筋をゆっくりと舐め上げてくる。

「ああ……」

悟は意味不明な声を漏らして悶えた。

先端まで舐め上げたみどりは、肉棒を両手に包んだまま質問してきた。

「どお、気持ちいい?」

「き、気持ちいいです」

悟は拷問でも受けているかのように、半泣きになりながら頷いた。

「そう、よかった」

満足げな表情のみどりは、さらに肉袋に向かって舌を伸ばしてきた。

ペロリペロリと玉を舐められる。

(あのみどりお姉ちゃんが、ぼくのおち×ちんを楽しそうに舐めている)

それは夢のような光景であった。

なにせ子供のころから憧れていた、初恋の女性である。そのヒトにフェラチオをしてもらっているのだ。嬉しい。本当に嬉しかった。

しかし、同時に言い知れぬショックも受けている。

(まさかあの真面目だったみどりお姉ちゃんがこんなことをするだなんて……)

悟の知っているみどりは、真面目で清純派だった。絶対に自分からこんなことをしない女性だと思っていたのだ。

(みどりお姉ちゃんは東京に行って変わってしまった。恋人にこういうことを教えられちゃったんだろうか？　ちきしょう。ぼくのみどりお姉ちゃんになんてことをするんだ)

悔しさで胸がモヤモヤする。

しかし、どんなに心で憤(いきどお)っていても、肉体的には気持ちいい。初恋のお姉さんに舐めしゃぶられる快感は、何物にも代えがたい。

チロチロと尿道口を舐められる。

「あ、ああ……」

悟は喘ぎ声を漏らすだけで、言葉が出なかった。

都会の水に染まったお姉さんは、すっかり妖女になっていたのだ。

レロレロレロレロ……。

みどりはまるで、アイスキャンディを舐めているかのように、楽しげに瞳を輝かせ、童貞逸物のすべてを舐めしゃぶった。

（ああ、出る。出そう。でも、みどりお姉ちゃんにもっと舐めてもらいたい）

悟は酸欠のように喘ぎ、亀頭部の先端からはダラダラと失禁したかのような勢いで、先走りの液を垂れ流した。

それを果汁であるかのように、みどりは美味しそうに舌で舐め掬う。

「みどりお姉ちゃん、も、もう……」

半泣きの悟が限界を訴えると、みどりは逸物からいったん舌を離した。

「出そうなの？」

「は、はい」

切羽詰まっている年下の男の子の顔を見上げて、綺麗なお姉さんは悪戯っぽく笑った。

「まだダメよ。いまぶっかけられたら、わたしの浴衣が台無しになっちゃう。我慢して」

「は、はい」

たしかに下ろしたての浴衣にぶっかけることなどできない。いや、その前にこの状態で射精したら、間違いなくみどりの顔にぶっかけてしまう。そんなことはできるはずがない。悟は死ぬ気で我慢した。

そんな素直な少年を前に、綺麗なお姉さんは妖艶に笑う。

「あは、おち×ちん、プルプルしている。我慢しているのね。偉いわ。ご褒美をあげないとね」

「ご褒美……」

いまでも十分、この世のものとは思えぬご褒美である。

戸惑う悟の逸物を、みどりは指先で軽く弾いた。

「悟くんのおち×ちんの皮、剝いてあげる」

「いっ!?」

悟も思春期の男の子である。包茎が格好悪いと感じて、何度か剝こうと試みて、あまりの激痛に断念した過去がある。

その痛みを思い出して戦慄する悟の逸物を、みどりは両手で握りしめる。

「包茎おち×ちんを見たら剝いてあげるのが、年上の女の義務なのよ」

「そ、そうなんですか?」

「そういうものらしいわ。悟くんはわたしに剝かれるの、イヤ?」

逸物を両手で握りしめたまま、みどりはかわいらしく小首を傾(かし)げてみせた。

そんな仕草を見せられたら、嫌だと言えるはずがない。

「よ、よろしくお願いします……」

「うふふ、悟くんのたってのお願いなら断れないわね。よろしくお願いされちゃいます」

悪戯っぽく笑ったみどりは、先走りの液がとめどなく溢れる包茎の亀頭部に唇を近づけた。

そして、包皮の中に舌を入れて、尿道口をペロペロと舐める。

「はぅ」

あまりの気持ちよさに悶絶する悟をよそに、みどりの濡れた舌は、包皮からからかろうじて顔を出している亀頭部を舐めまわしていた。いや、少しずつ、皮と実の分離を試みる。

「み、みどりお姉ちゃん、い、痛い」

「うふふ、我慢して。これは男の子の登竜門よ」

舌先に何度も唾液をたっぷり載せたみどりは、たゆまぬ努力で熱心に少年の生皮を剝いでいく。

「ああ……」

悟は、綺麗なお姉さんの舌による皮剝ぎ拷問に必死に耐えた。

みどりの唾液を、たっぷりと塗りたくられているせいか、自分で剝こうとしたときよりは痛くないように感じるのが、せめてもの救いであろう。

やがてすべてを剝き上げることに成功したみどりは、いったん逸物から離れて、満足げに自分の作品を見る。

「あは、皮、剝けたわよ。かっこいい大人のおち×ちんになったね」

「あ、ありがとう、ございます……」

「うふふ、真っ赤なキノコみたいで素敵よ。こんなおち×ちんを入れられたら、桃子のやつ、泣いて喜んじゃうわね」

桃子など関係ないといつもの調子で反発する余裕は、いまの悟にはなかった。

「みどりお姉ちゃん、も、もう……」

悟は逸物といわず、全身がガクガクと震えていた。背中を樹木に預けていなければ、崩れ落ちたことだろう。

「あらあら、もう限界みたいね」

初剝きされた逸物を、ビックンビクックンと脈打たせて痙攣している童貞少年を前に、綺麗なお姉さんは舌なめずりをする。

「あんまり我慢するのは体に悪いわよね。いいわ、出しなさい。わたしの口の中に出すといいわ」

さも心配しているといった表情を浮かべたみどりは、剝き出しの亀頭部をぱくりと頭から豪快に咥えた。

「み、みどりお姉ちゃん……」

驚く悟にかまわず、みどりは両手で悟の尻を抱いて、上目遣いに見上げながら、ジュルジュルと肉棒を啜(すす)る。

人間、口に物を咥えていると、どうしても顔の輪郭が崩れてしまう。

お洒落なお姉さんも、鼻の下が伸びた、少し間抜けな顔になってしまっていた。しかし、その表情がどうしようもなくイヤらしく感じる。

「ふぅっ、ふぅっ、ふぅっ」

口が塞がっているから、当然、鼻の穴で息をしているのだろう。

みどりの鼻息が荒い。悟の薄い陰毛が揺らされる。

「さぁ、遠慮しなくてもいいのよ」

無言の中で、そう訴えるかのようにみどりは顔を前後させた。

唇の裏側が、肉棒を擦る。

(あ、あのみどりお姉ちゃんが、俺のおち×ちんを大胆に咥えてくれている。ああ、みどりお姉ちゃんの口の中、温かくてトロトロで気持ちいい〜)

温かい唾液で剝き出しの亀頭部を包まれている。

痛みはもうない。ただ蕩けるようで、みどりの口内で消化されていくかのような感覚になる。

(あ、出る。このままでは出てしまう。でも、みどりお姉ちゃんの口の中になんて、そんな……)

悟にとって、みどりは性に目覚めてからというもの、最大のオナペットである。

桃子を妄想の中で犯したことはないが、みどりは何度も犯している。フェラチオをしてもらうことを考えたこともあった。

しかし、いざ本番となると、ものすごい罪悪感だ。

おち×ちんの同じ穴から出るからだろうか。まるでおしっこを飲ませるような気がするのだ。

（みどりお姉ちゃんにぼくの精液を飲ませることなんてできない。ああ、でも、飲ませてみたい。飲んでもらいたい。でも、できない）

迷える青少年の苦悩をよそに、みどりは両頰をへこませて、チューチューと吸ってきた。

「ひぃあっ!?」

悟は意味不明の悲鳴をあげてしまった。

みどりは明らかに尿道口を吸っている。

尿道をストローみたいに扱って、精囊から直接、精液を吸い取ろうとしているかのようだ。

（こ、こんなのって……）

オナニーでは絶対に体験できない刺激である。妄想でも考えたことがなかった。

（みどりお姉ちゃん、すごすぎる……）

都会の水を飲んだお姉さまは、田舎の純朴な少年では太刀打ちできない高見に達してしまっていたようだ。

初恋のお姉さんのバキュームフェラの前に、少年の頑なな正義感は粉砕された。

(もう、ダメ……だ……出る)

神聖にして不可侵だと思っていた憧れのお姉さまの口内で、悟は果てた。

ドプッ！　ドプッ！　ドプッ！

我慢に我慢を重ねたあとの射精だったこともあって、とんでもない液量が、とんでもない勢いで出たのかもしれない。

「……っ!?」

みどりは驚愕に両目を見開いている。

しかし、暴れる逸物を、決して口腔から逃さなかった。

必死に受け止めてくれている。

あまりの液量に、みどりの口腔から溢れかえってしまったようで、逸物を咥えたまままみどりの左右の口角から、白い液体が滴っている。

(出しちゃった。みどりお姉ちゃんの口の中で……)

罪悪感から胸が張り裂けそうになりながらも、同時に大好きだったお姉さんの口の中で射精できた喜びに、天にも昇りそうな喜びを感じる。

「……ふぅ」

悟は安堵の吐息をつき、射精が終わったことを察したみどりは小さくなった肉棒を慎重に離した。

「……」

不安な気持ちで見下ろしている悟を見上げて、ニッコリと笑ったみどりは、悪戯っぽく口を開いてみせた。

夜の闇越しにみえる白い顔。赤い唇の中が、真っ白になっていた。

(あれは……ぼくが出した精液。それがみどりお姉ちゃんの口の中にある?)

いま自分がしでかしたことだ。当たり前といえば当たり前の光景である。しかし、驚愕する悟にかまわず、みどりは口を閉じた。

そして、左手で口元を押さえながら、口内で舌を動かして咀嚼(そしゃく)したようだ。

それからゆっくりと、白く細長い喉を鳴らした。

コクリ……コクリ……コクリ……。

(あ、飲んでいる。飲んだんだ。ぼくのザーメンをみどりお姉ちゃんが!?)

いつもはティッシュにくるんで捨てていた精液を、ものすごい美人のお姉さんの口内に出し、しかも、飲んでもらえている。

なんとも言えない多幸感が、悟の全身を包んだ。

「……」

みどりは、持参していた小さな巾着袋からティッシュを取り出すと、口元を拭う。

それから悟に向かって、妖艶に笑う。

「この鼻に抜ける青臭い臭い……。これが悟くんの精液なんだ。とっても濃いのね。舌ざわりはプリップリの白子みたい。口から飲んだだけでも妊娠しそう。こんなのオマ×コに入れられたら、桃子は一発で妊娠しちゃうから注意しなさいよ」

「あ、はい……」

悟は言葉少なく頷くことしかできない。

さらにみどりは、綺麗なハンカチで、悟の半萎えの逸物を包み、丁寧に拭ってくれた。

「これでよし」

悟のパンツとズボンを元に戻して、みどりは立ち上がる。

「さて、帰りましょうか」

「あ、はい」

みどりは、悟の手をとって雑木林を出た。

そして、帰途につく。

その後ろに従いながら、悟は呼びかける。

「あの……みどりお姉ちゃん、さっきのはいったい」

なぜあんなことをしてくれたのだろう。説明を求める悟に向かって、月明かりの中で振り向いたみどりは、右手の人差し指を一本たて、自らの唇の前に立てる。

「さっきのことは、桃子に内緒よ」

それは美しかったが、まさに妖女の笑みであった。

「……」

絶句する悟を置いて、浴衣姿のみどりは、鼻歌まじりに歩く。

そのうなじをみながらついていく悟は複雑な心境であった。

(みどり姉ちゃんは東京に行って変わってしまった。少なくとも一年前はあんなこと絶対にしない人だったのに。東京で悪い男と付き合って、やられまくっちゃっているんだろうか?)

あの綺麗で、真面目なお姉さんは、もういないのだ。そう考えていたらなんだか泣けてきた。

しかし、いまの淫らなみどりも魅力的だと思う。
こうして、悟の真夏の夜の夢は始まった。

第二章　美しいお姉さんの処女膜

「悟、いる〜、いるわよね。上がるわよ」

盆踊り大会の翌朝、原田家の玄関に安田桃子がやってきた。

原田悟の両親が働きに出ていることを知っている桃子は、返事も待たずにドカドカと階段を上がると、二階の悟の部屋の扉を開く。

「やっぱり、まだ寝ている。あんたね。夏休みだからってだらけすぎよ」

年ごろの男の子の寝室に遠慮なく侵略してきた女子高生は、黄色いキャミソールに赤いホットパンツという、ラフ極まる格好だった。

昨晩の浴衣姿とはまるで違い、色気の欠片(かけら)もなにもない。

日焼けした丸い肩から二の腕、カモシカのような凹凸に恵まれた素足といった、丸出しの四肢は健康そのものだ。

「ほらほら、あたしはテニスの部活があるんだから、とっとと夏休みの宿題をするわよ」

姦しい女は、寝台で安眠を貪っていた幼馴染みのタオルケットを容赦なく引き剝がす。

真夏ということもあって、悟はTシャツとトランクスという薄着で寝ていた。

「わぉ！」

桃子の視線が、悟の股間を注視する。

青少年の男子の逸物は、寝起きに朝立ちという生理現象を起こす。まして、悟は昨晩の幸せ体験もあってとっても元気だった。

桃子の視線を察した悟は、慌てて両手で股間を隠す。

「なに見てんだよ！　いま、着替えるから出てけ！」

「はいはい。なにイヤらしい夢を見ていたんだか」

背を向けた桃子は、ヤレヤレといいたげに肩を竦めて、いったん部屋を出ていく。

悟が着替えて顔を洗ったあと、二人は悟の部屋で夏休みの宿題をする。

「……」

小さなテーブルを挟んで、悟と桃子は黙々と課題を片付ける。

しかし、悟は妙に落ち着かない自分の心に戸惑っていた。

(……なんなんだ?)

桃子が、悟の部屋にいることは珍しいことではない。

特に夏休み中は、午前中にやってきて、いっしょに宿題をすることが日課になっている。

(いまさらこいつと二人っきりだからって、意識する必要なんてないよな)

昨晩の浴衣姿が、かわいらしかったということを認めてやることはやぶさかではない。

さすがは日本の伝統装束。がさつで騒がしく厚かましい女でも、それっぽい大和撫子に化けさせるものだ。

帰路、尻丸出しで放尿しているさまを見たが、それとてどうということはない。

(まぁ、綺麗な尻だったとは思うが、所詮、小便している姿だしなぁ。色気も糞もないな)

では、なぜ自分はこんなにも心が落ち着かないのだろう。

(みどりお姉ちゃんにフェラチオされたことか……あれは気持ちよかったなぁ。みどりお姉ちゃんのお口の中、温かくてトロトロしていた)

肉棒に絡みつく、みどりの細い指、柔らかい唇、濡れた舌。そして、なによりもおち×ちんを咥えている表情がとってもエロかった。あのときの体験を思い出すだけで逸物に力が入り、射精してしまいそうだ。

しかし、目の前で真面目な顔で勉強している桃子を見ていると、胸の奥がチクチクと痛む。

(これは罪悪感というやつか？……冗談じゃない。なんで俺が、みどりお姉ちゃんにフェラチオされたからって、こいつに罪悪感を覚えないといけないんだ？)

自分の心の動きを理不尽に感じつつ、問題集に真剣に取り組んでいる桃子の顔を眺める。

黒いショートポニーテールの頭の周りには、陽光を反射して綺麗な光の輪が浮かんでいた。

(まぁ、こうやって見ると、こいつも、そこそこかわいいよな。目が大きくて、鼻が低くて、唇が厚ぼったい……丸顔で狸みたいだけど)

悟の友人知人は、みんな口をそろえて、桃子をかわいい、美少女だ、巨乳だ、スタイルがいい、きゅっと吊り上がった腰つきがエロい、肉感的な唇が官能的だ、と褒めたたえるのだが、悟だけはどうしても、桃子の容姿を素直に認めるのが癪(しゃく)だった。

黄色いキャミソールの細い紐が肩にかかっているだけなので、溝の深い鎖骨の窪みや丸い肩が丸出しだ。

骨が太そうで、肉ががっつりとついている。惚れぼれするほどの健康優良児だ。

黄色い半透明なキャミソールに包まれた胸元も、まるで断崖のようにぐいっと前方に突き出している。

じっと見ると、薄い布越しに、ぽちっとした乳首の凹凸が見えるから、おそらく暑いために横着して、ブラジャーを着けていないのだろう。

ノーブラなのにこの盛り上がり、持ち主同様、よっぽどのわがままおっぱいだ。

(しかし、こいつ、胸でかいよな。どのくらいあるんだ)

肉まんじゅうを二つ隠しているのではないか、と思えるほどに豪快な盛り上がりだ。

(ノーブラなのに、垂れるどころか反り上がっている感じだよな。弾力があって、硬そうだな。ハードグミみたいなものか？　ちょっと触ってみたい気がしないでもないような。でも、所詮、桃子のおっぱいだしな)

シャーペンを持つ手を止めて、悟が思案していると、それに気づいた桃子が顔を上げた。

「どうしたの？」

「いや」

「なに、なにかわからないところがあったの？　聞くのは一時の恥ってやつよ。聞きたいことがあるなら、聞きなさいよ」

桃子に詰め寄られた悟は、その顔の近さに驚いて思わぬことを口走ってしまった。

「おまえさ。胸、意外と大きくなったじゃん。どれくらいあるの？」

「はぁ!?　いきなりなにトチ狂ったことを言っているのよ！　このエッチ！　スケベ！　変態！　死ね！」

顔を真っ赤にした桃子は両手で胸元を隠して、身を引く。

「いや、おまえが聞きたいことがあるなら聞けというから聞いただけだよ……」

自分でも後悔した悟は、なかったことにしようと宿題に集中することにする。

すると、桃子もノートに向き合いながら、小さな声でボソッと答えた。

「八十四のFカップよ」

「……それって、でかいのか？」

ノートにシャーペンを走らせながら、悟はなにげなさを装いながら応じる。

「実はお姉ちゃんより大きい」

「ウソだ。見栄を張るなよ」

思わず悟は顔を上げて、大きな声を出してしまった。

それに対して、桃子はより大きな声で応じる。

「本当だって！　お姉ちゃん、八十一のDだもん！」

「そ、そうなんだ。ま、まぁ、おっぱいの価値は大きさだけじゃないよな……」

桃子の迫力に負けた悟は、受け入れて勉強に戻る。

その頭頂部にジト目を向けながら、桃子は吐き捨てる。

「あたし、脱いだらすごいんだからね」

「ふ、ふ〜ん……」

桃子のハッタリを、悟はなんでもないというように受け流した。

そのあと、二人はなにごともなかったかのように宿題を続ける。

寝起きで頭が回らない悟と違って、早々に本日のノルマを終えた桃子は勢いよく立ち上がった。そして、両手を頭上に組んで大きく伸びをする。

「あ〜、終わった。悟、アイスもらうわよ」

「好きにしろ」

部屋を出て階段をドタドタと下りていった桃子は、勝手知ったる家ということで、ためらいなく冷蔵庫の冷凍室をあけると、ミルク味のアイスキャンディを持って戻ってきた。

そして、まだ宿題を続けている悟をよそに、床に腰を下ろし、寝台の縁に背中を預け、両足をだらしなく投げ出した姿で、両手で持った棒アイスを幸せそうに口に運ぶ。

ペロペロペロペロペロ……。

カチンカチンに冷えたアイスキャンディは硬くて歯が立たないらしく、厚ぼったい唇から、ピンク色の舌を出して先端を舐めている。

「……っ」

ふと悟の脳裏に、昨晩のみどりの所業がフラッシュバックした。

祭りの帰り道、なぜかは知らないが、東京から帰省していた桃子の姉は、雑木林に悟を誘って逸物を咥えてくれたのだ。

逸物を美味しそうにしゃぶっていたみどりと、アイスキャンディを美味しそうにしゃぶっている桃子の姿が重なって見えた。

桃子が咥えているアイスキャンディが、自分の逸物のように感じられる。

「しっかし、暑いわね」

右手でアイスのバーを持った桃子は、左手で黄色いキャミソールの裾を持つとたくし上げてパタパタと仰ぐ。

おかげで丸い臍が丸出しだ。いや、豪快に仰ぐものだから下乳まで見えている。

(こいつ、俺の前だからって油断しすぎだ)

乳首があと少しで見えそうで見えない。いや、ピンク色のようなものが、一瞬、見えたような気もする。

さらに桃子は、アイスキャンディを口に含むと、唇から出したり入れたりを繰りかえす。

チュパチュパチュパチュパチュパ……。

夏、熱いといって桃子がアイスを食べるのはいつものことだ。

しかし、今日はどうしても、桃子のアイスを食べる姿が卑猥に感じる。

悟は、桃子のことを色気の欠片もない女だと断定して、今日まで性的な対象として見てこなかった。

いまも断固として桃子を女として認めていないが、逸物が硬くなっていくのを抑えられない。

(桃子と俺は、まぁ、友だちだよな。友だちということで、おち×ちんを舐めてくれといったら、舐めてくれるのだろうか?)

桃子が、自分の逸物を咥えている姿を想像してみる。

みどりに咥えられた感触が、逸物に甦ると同時に、胸がキュンとした。

桃子の肉感的な唇で、逸物に吸い付くのだ。想像しただけでたまらない気分になった。

（うわ、桃子に俺のち×ぽ、咥えてもらいてぇ）

そう考えた直後に、桃子はアイスキャンディに健康的な白い前歯を立てて、バキと折った。そして、折れた氷片を奥歯で、ゴリゴリと音高く咀嚼している。

我に返った悟は、慌てて頭を振った。

（いや、ダメだ。こいつがみどりお姉ちゃんみたいに上手にできるはずがねぇ。絶対になにか失敗する。ち×ぽを嚙み切られたらかなわねぇからな）

アイスを食べ終えた桃子は、傍らにあった悟の寝台に乗り、腹這いになってスマホを弄りだす。

両足を膝から曲げて、足の裏を天井に向けながら意味もなく揺動させている。

「まったく、そんな問題にいつまでかかっているのよ。早く終わらせなさいよね」

「すぐに終わるよ」

……おまえのせいで集中できないだけだ。という台詞は呑み込む。

その代わり、腹這いになっている桃子の様子を、横目で窺う。

悟の座っている位置は、桃子の左足の近くである。

桃子は両手を前に出しているせいで、腋の下を見ることができた。腋毛の一本もないツルッツルの腋窩(えきか)だ。

黄色いキャミソールは背中がかなり大胆に開いたかたちで、綺麗に浮き出た肩甲骨を見ることができた。

腰の部分は沈んでいるのに、臀部はぐっと大きく盛り上がっていた。

(ったく、でかい尻しやがって、パッツンパッツンじゃねぇか)

尻圧でいまにもホットパンツが裂けそうだ。

二つの裾から、尻肉の半分近くが出ている。そこから夏休み中も、連日テニスの練習に参加しているせいで、飴色に日焼けした太い脚が伸びる。

太腿は太く、脹脛(ふくらはぎ)は張り、足首はぎゅっと締まっている。

凹凸に恵まれた足はムッチムチで、いかにも力強く、野生のカモシカの足のようだ。

それでいて産毛(うぶげ)の一本も生えていないツルッツルの肌である。

(日焼けしているくせに、肌は綺麗だな。まるでハチミツでも塗っているみたいだ。

こいつの肌って舐めたら甘いんじゃないか?)

蜜肌に魅せられた悟の胸中に、桃子の足を舐めてみたいという欲望が、唐突に湧き上がってきた。

（いやいやいや、桃子の足なんか舐められるか）

寸前のところで理性を保った悟は、なんとか勉強に集中しようとするのだが、目の横で不快にパタパタと動いている二つの足が気になって仕方がない。

どうしても視線を誘導される。

仕方ないので、桃子に気づかれないように、背中を伸ばしながら、上からのぞき込む。

腹這いの桃子は、暑いせいか股を九十度ぐらい開いている。おかげで自然と、悟の視線は、桃子の股間に吸い寄せられる。

（具が見えそうなんだが……というか、見えているし）

ホットパンツがデカ尻に食い込んでいる。股布が紐状になって、中身を左右から露出させてしまっていた。

蜜肌に比べるといささか色素が濃い肌だ。初めて見たが、おそらく大陰唇と呼ばれる部位だろう。ここもなかなか肉厚である。

「ニュースではさ、よく温暖化問題とか言われるけど、あたし、温暖化に賛成なのよね。冬、雪降らなくていいじゃない。でも、こう熱いとやっぱり、温暖化反対って言いたくなるわ」

男に大事な部分を見られているとはまったく自覚していない桃子は、うつ伏せでスマホを弄りながら、掲げた膝から上の両足をぶらぶらさせ、さらには股を開いたり閉じたりしている。

そうすることでホットパンツの股布が、女性の大事な谷間にドンドンと食い込んでいく。

（おいおい）

おかげで股を開いたときには、縦紐の左右から、ぱっくり割れた鮮紅色の粘膜が覗いてしまっていた。

さすがにクリトリスや膣孔といった部分までは見えないが、悟が生の女性器を見たのは、これが初めてだ。

（なんというか、マグロの刺身みたいだな）

生々しい。それでいて美味そうではある。

（でも、こいつのオマ×コ、すげえ臭いそうだな）

悟の位置からは、臭いまでは薫ってこない。しかし、見るからに強烈な牝臭をプンプンとまき散らしているかのようだ。

鼻を突っ込んでクンクンと嗅いでみたい。

花が虫を誘っているかのように、男を誘っている。

(パンツが邪魔だ。脱がして、中身を全部見てぇ)

幼馴染みの無防備な後ろ姿を凝視しながら、悟は夏の暑さとは関係ない汗が全身から噴き出るのを感じた。

(こいつのオマ×コを隅々まで見て、隅々まで弄って、隅々まで舐めて、そして、俺のおち×ちんをぶち込む)

ドクン!

悟の逸物が、存在を主張するように跳ね上がった気がする。

(こんなムチムチな体をしているんだ。こいつのオマ×コ、絶対に締まるだろ。滅茶苦茶気持ちいいに違いない……やべぇ、考えていたら、すげぇやりたくなってきた)

血走った目をしたケダモノに、背後から見られているなど露知らぬ女子高生は、能天気にスマホを弄っている。

(こいつのオマ×コに、チ×ポをぶち込んで突っ込んでズボズボにしてやりてぇ。この生意気な女にち×ぽぶち込んで、ヒーヒー言わせてやりてぇ)

美味しそうな食べごろの牝鹿を前にした狼の心境が理解できた気がした。

(男の部屋に一人で来て、こんな格好しているこいつが悪い。やってやる!)

我を忘れた悟が、両手を伸ばし赤いホットパンツをデカ尻からむしり取ってやろうとしたとき、桃子は頓狂な声をあげて身を起こした。

「あ、もうこんな時間だ!」

「っ!」

驚いた悟は、慌てて手を引く。

「どうしたの?」

悟の様子に不自然なものを感じたのか、桃子は不思議そうに首を傾げる。

「いや、なんでもない。それよりもおまえの用事はなんだよ」

心臓をバクバクさせながら、悟は必死に平静さを装う。

「テニスの部活、今日、ちょっと早く行かないといけないのよ。忘れるところだったわ。それじゃまたね」

そう言って桃子はあわただしく、原田家から出ていった。

*

「はぁ〜、危なかった。危うく、桃子なんかをやってしまうところだった」

もしあの場で桃子を押し倒していたら、どうなっていたのだろう。

桃子は泣いて抵抗したのだろうか。それとも怒って殴りつけてきただろうか。

いずれにせよ、幼馴染みとしての関係は終わる。もう桃子のやつが、気軽に悟の部屋に遊びに来ることはなくなるだろう。

それは困る。

悟は断固として、桃子の女としての魅力を認めていないが、いっしょにいて心地いい相手であることは認めるのにやぶさかではない。いまの関係を壊したくなかった。

一通り、畑の世話を終えた悟が、自宅に帰ると隣の安田家の縁側で脱色してゆるいパーマのかかった長髪を下ろした、色白のスレンダー美人が浴衣姿で腰を下ろしていた。

足下には木製の盥（たらい）が置かれ、水が張られている。

そこに白い両足を足首まで浸し、手に持った団扇（うちわ）で胸元をあおいでいたのだ。

それは一幅の絵のような光景だった。

(みどりお姉ちゃん、ほんとすごい美人になったな)

昔から美人だったが、お洒落になって一皮も二皮も剥けた感じだ。

（やっぱり、東京に男がいるんだろうな。女が変わるのは男ができたときだというし）

昨晩してもらったフェラチオ体験を思い出すと、胸が甘酸っぱく締めつけられるとともに、ズキズキと痛んだ。

複雑な心境で見惚れていると、みどりのほうから声をかけてきた。

「あら、桃子といっしょだったんじゃないの？」

「あいつなら、部活に行きました」

「ああ、そういえばそんなこと言っていたわね」

悟はなんとなく、安田家の敷地に入り、みどりの前に立つ。

「みどりさんはなにをしているんですか？」

「夕涼みというやつよ」

みどりは団扇で、浴衣を指す。

「せっかく買ってもらったのに、一日しか着ないというのももったいないでしょ。だから、ちょっと着てみたの。それに冷房ばっかりだと体に悪いからね。風情（ふぜい）があるでしょ」

「はい」

明治時代の高名な画家が描いた美人画のようだ。

「悟くんもいっしょにやらない。気持ちいいわよ」

「え、あ……はい」

みどりに促(うなが)された悟は戸惑ったが、断るという選択肢はなく、素直に並んで縁側に腰かけると、靴と靴下を脱いで、両足を盥の水に浸す。

「どう、くつろぐでしょ～」

「はい」

後ろ手をついて反りかえったみどりは、白い足先でパシャパシャと水飛沫を作りながら楽しげに笑う。

(しかし、みどりお姉ちゃん、ほんと美人だよな)

日の光の中、近くで見るとその美しさが際立つ。

うりざね顔に、真珠のように白くツヤツヤした肌、薄いピンクの唇。細く高い鼻、細い顎。

どこをとっても、桃子の姉とは思えぬ美人である。

見惚れていると、みどりが手を叩いた。

「あ、そうだ。喉乾かない？　スイカ冷えているわよ」

近くの桶に井戸水が張られ、大きなスイカが入れられていた。

「いただきます」

みどりはスイカを取り出すと、包丁で切り、八分の一を悟に差し出した。

「はい。どうぞ」

「ありがとうございます」

みどりと二人っきりでいるとどうしても意識してしまう。気恥ずかしさから、豪快にスイカを貪る。

「あはは、いい食べっぷりね」

楽しげに笑ったみどりは、タオルで悟の口の周りを拭ってくれた。

(みどりお姉ちゃん、昔と同じだ。美人で気立てがよくて、優しい。それなのにどうして、昨日はあんなことを)

みどりのキャラクターと、昨晩の行為がどうしても結びつかない。

自分は淫夢でも見たのだろうか。

自問自答していると、みどりは小首を傾げた。

「どうしたの？」

「いや、あの……」

質問していいかどうかさんざんに悩んだあと、悟は思いきって口を開いた。

「あの〜……昨日は、なんであんなことを……」

みどりは悪戯っぽく笑った。

「あんなことってなにかしら？」

わかっていて悟に言わせようとしているのだろう。

「いや、その……」

「なに、はっきりいいなさいよ〜」

うなじまで赤くして恥じ入る少年の足に、みどりは濡れた素足を擦りつけてきた。

「どうして、ぼくにフェラチオしてくれたんですか？」

最近の悟は、桃子などの前では「俺」という自称を使っているのだが、どうも、みどりを前にすると幼年時代に戻って、「ぼく」になってしまうようだ。

足を引いたみどりは正面のトマトの実った庭をみながら、左手の人差し指を細い顎にあてがって考えるそぶりをした。

「う〜ん、悟くんがかわいかったから、じゃダメかしら？」

「か、かわいいですか？」

戸惑う悟に、みどりはニッコリと笑う。

「桃子と悟くんの仲があんまりいいから、ちょっとからかっただけよ」

「そ、そうですか……」

がっかりしたというのだろうか。なんと表現していい感情かわからず、戸惑う悟の頬をみどりは突っ突く。

「なに、もしかして昨日の続きしたいの？」

「いや、そういうわけでは……」

意識していなかったわけではない。しかし、がっつくのは格好悪い気がする。

みどりにはきっと東京に恋人が待っているのだ。自分はからかわれて、遊ばれただけなのだから……。

（昔の清純だったみどりお姉ちゃんはもういない。いまのみどりお姉ちゃんは東京で汚されてしまったのだ）

自嘲する悟にかまわず、みどりはあっさりと頷いた。

「わたしは……したいかな？」

「え!?」

みどりは、悟の肩を抱くと、顔を近づけてきた。

薄い桃色の唇が、すっと悟の唇に合わさる。

（これは……キスっ!?　ぼく、みどりお姉ちゃんとファーストキスをしている！）

硬直しているうちに、みどりは唇を離した。

そして、至近距離から瞳を合わせながら質問してくる。

「こういうことしたかったんじゃないの？」

悟は喘ぎながら頷く。

「それは……はい。みどりお姉ちゃんとキスしたかった、です」

みどりはニッコリと笑った。

「やっぱりね。悟くんって、わたしのこと、好きでしょ？」

「はい。大好きです！」

「初恋だったのかな？」

綺麗で頭のいいお姉さんは、悟の心などすべてお見通しだったようだ。

「それじゃ、続きをやりましょう」

みどりは、悟の股間に手を伸ばすと、中からいきり立つ逸物を取り出した。

昨晩、みどりに剝かれた包皮であったが、現在は元に戻ってしまっている。いや、亀頭部の露出部分が少し増えただろうか。

「これが悟くんのおち×ちんね。かわいい。やっぱり昨日は暗くてよく見えなかったからね」

みどりは当たり前に、肉棒を右手に摑むと、シコシコとしごいてきた。

「ああ……」

大好きな初恋のお姉さんに、逸物を摑まれた童貞少年はもはや脱出不可能な牢獄に囚われたも同じである。

恍惚となっている悟の逸物を弄びつつ、みどりは質問してきた。

「悟くんは、なにかしたいことはある？」

「え、それは……」

いっぱいある。

みどりの全身をくまなく見つめ、撫で、舐めたい。そして、東京にいるだろうみどりの恋人よりも、たくさん精液を浴びせ、飲ませ、注ぎ込み、妊娠させたい。

そして、ぼくのお嫁さんにして、絶対に東京に帰さない。いや、行かせない。

そんな願望が、夏の入道雲のように沸き上がった。しかし、そんな大それた願望を口にできるはずがない。

悟は恐るおそる、精いっぱいの希望を口にする。

「お、おっぱい……。みどりお姉ちゃんのおっぱい見たいです！」

「おっぱいかぁ～？　悟くんはわたしのおっぱい見たいんだ？……いいわよ」

妖しく笑ったみどりは、悟の逸物からいったん手を離すと、自らの浴衣の襟元に添えて左右に開いた。

白い、真っ白い肌。細い鎖骨。薄い肩、そして緑地に黄色いレースの付いたブラジャーに包まれた胸元があらわとなる。

浴衣は帯のところまで開き、みどりの上半身はブラジャー一つとなった。

そして、両手を後ろのホックにかける。

「ふぅ……昼間の野外でおっぱいを出すのって、すごい勇気ね。田舎じゃないとこんなことできないわ」

たしかに都会なら、すぐ近くに他人の目が山のようにあるだろう。

しかし、ここはド田舎。それも農家の屋敷である。無駄に広いので、外から見られることはまずない。

そのことを承知しているみどりは、思いきりよくブラジャーを外した。

ポロリと白い双乳があらわとなる。桃子のように勢いよく前方に突き出しているのではなく、しっとりと柔らかく垂れ下がっている。

真っ白で透明感のある肌に、ピンク色の乳首。桜の花のような乳輪は小さくて、先端がポツンとしている。

とにかく綺麗だった。

「これがみどりお姉ちゃんのおっぱい」

眼前に初恋のお姉さんの生乳を見て、悟は感動に打ち震えた。何度も妄想したことがある。その妄想よりもさらに綺麗だった。

白蠟のような肌だ。

(桃子の話だと、みどりお姉ちゃんのバストは八十一という話だった……。たぶん、それほど大きくないだろうけど、スレンダーだから、相対的により大きく見えるんだな、きっと)

大きすぎないぶん、とにかく形が優れていると思う。

見ているだけで飽きない。一日中、いや、ずっと眺めていたい芸術品のようだ。

我を忘れた悟が、矯つ眇めつ注視していると、飽きれたみどりが声をかけてきた。

「見ているだけ?」

「え、あ……」

戸惑う悟に、みどりはにっこりと笑って促す。

「触ってもいいわよ」

「い、いいんですか？」

望外な提案に、悟は喘いだ。

みどりは苦笑して、悟の両手を取ると、自ら二つの乳房に促した。

「悟くんにならね。特別よ。ほら、遠慮しないで」

「は、はい」

悟は嬉々として初恋のお姉さんの双乳を手に取った。

真珠のように冷たく硬質なのではないかと思ったが、ふわっとしていた。

（や、やわらかい。これがおっぱい。みどりお姉ちゃんのおっぱい）

全体にふわふわと柔らかいのに、ピンク色の乳首だけがコリッと硬い。まるで乳首はピンク色のダイヤモンドのように感じた。

思わず指で摘まんでしまう。

「あん」

みどりが妙な声を出したので、悟は慌てる。

「い、痛かったですか？」

白かった頬を紅潮させたみどりは首を横に振った。

「大丈夫よ。わたしは昨日、悟くんのおち×ちんを好きなように触らせてもらったんだし、今日は悟くんの好きなようにわたしのおっぱいを触っていいわよ……もちろん、舐めてもよし」

「い、いいんですか？」

「もちろん。というより、悟くんにおっぱいを吸ってほしいかな」

みどりの言葉に、悟は勇気を得る。

「喜んで」

背を丸めた悟は、嬉々としてピンクダイヤモンドのような乳首を口に含んだ。

「はぁ〜」

頭上からみどりの気の抜けたような吐息が聞こえる。

（もしかして、みどりお姉ちゃん、感じている？）

悟は、みどりを神聖にして不可侵な存在と思っていた。何度もその痴態を妄想していたが、現実にはありえないと否定していたのだ。

しかし、どうやら本当にみどりも、乳首を吸われると気持ちいいらしい。そう認識した悟は嬉しくなり、夢中になって硬い乳首を吸った。

「はぁ、ああ……」

みどりのあげる声が甲高くなる。

悟の口内で乳首がコリコリに硬くなっていた。

そこから、なにか物体が出てくるわけではない。しかし、認識不能ななにかが出ている気がして、悟は二つの乳首を交互に夢中になって吸った。

「あぁ、悟くんに乳首を吸われるの、すっごく気持ちいいわ。でも、少しやりづらそうね。こうしたほうがやりやすいんじゃないかしら?」

悟は、みどりに促されるがままに、縁側に腰を下ろしているみどりの膝に頭を乗せて仰向けになった。

みどりからみて右側に、両足を投げ出したかたちだ。

悟の顔に、みどりが乳房を下ろしてくれた。悟は餌に食いつく魚のように乳首にしゃぶりつく。

「うふふ、まるで赤ちゃんみたいね。でも、本当の赤ちゃんなら、おち×ちんをこんなエッチな形に大きくしないだろうけど」

みどりは左手で、悟の頭を軽く抱き、右手で逸物を握ってきた。

「皮、元に戻っちゃっているね」

「す、すいません」

「別に謝るようなことじゃないわよ。また剝けばいいんだし。うふふ、何回も剝いていれば、そのうち剝き癖がつくと思うわ」

みどりの目がランランと輝く。

どうやら、悟の包茎を直すことに使命感のようなものを持ったようである。

（ほんとやめて。剝かれるの痛いんです）

と泣きたい気分なのだが、みどりに逆らえるはずもない。

幸いなことにみどりはすぐに包皮を剝こうとはせず、まずは優しくシコシコと肉棒をしごいてくれた。

いわゆる授乳テコキと呼ばれる体勢である。

（ああ、気持ちいい。みどりお姉ちゃんのおっぱい吸いながら、おち×ちんを弄ってもらえるだなんて、極楽すぎる）

悟は夢中になって乳首を吸った。

少年の唾液で、二つの乳首を濡れ輝かせたお姉さんは、白かった顔を赤く染めている。切れ長で涼しげであった目も、潤んでいていまにも泣きそうだ。

（あ、みどりお姉ちゃん、感じるとこういう表情になるんだ。エロい。こんなにいやらしい表情もできるんだ）

ずっと憧れてきた隣のお姉さんの初めて見る表情に、悟は興奮の極に達した。

みどりの右手に握られしごかれていた逸物が、激しく脈打ち、そして、みどりの手の中から白濁液を盛大に噴出させた。

(っ⁉ しまった。暴発させた。もっともっと楽しみたかったのに)

みどりの乳首を口に含んだまま呆然と固まっている悟をよそに、みどりは小さくなった逸物からゆっくりと手を離した。

「今日も、すごい出したわね」

穢れた右手を掲げてしげしげと眺めたみどりは、まるで練乳でも味わっているかのように美味しそうに舐めた。

(ああ、今日もまたみどりお姉ちゃんに射精させてもらい、ザーメンを飲んでもらえた)

そのこと自体はすごく嬉しいのに、同時に胸が痛む。

「それじゃ、今日はこれでおしまい」

みどりはさばさばとした様子で、はだけていた浴衣を元に戻す。

悟もまた、みどりの膝から身を起こした。

離れがたい。思わずその場で正座した悟は、恐るおそる質問した。

「あの……みどりお姉ちゃん、その……東京で悪い男と付き合っているんですか？」

「え？」

思いもかけない言葉を聞いたといった様子で、みどりは両目を見開く。

「もし東京で悪い男に騙されているんだったら、俺、力になる。絶対になるから、教えてください！」

決死の悟の申し出に、みどりは顎を上げて爆笑した。

「あはは、なに？　悟くんはそんなことを考えていたの」

「だって、みどりお姉ちゃん、すごく変わったから……」

「わたし、そんなに変わった。悟くんから見て、どう変わったか教えて？」

みどりに促されて、悟は言い辛い言葉をなんとか口にする。

「だってみどり姉ちゃん、すっごく綺麗になって、それにすっごく色っぽくなった
……それに……」

「すっごくエッチになった？」

「……はい。東京の大学に行く前なら、こんなこと絶対にしなかった」

悟の悔しそうな答えに、みどりはクスクスと笑う。

「それでわたしが東京で、悪い男と付き合っていると考えたわけね」

「はい」

「そっか、悟くんにとってわたしって本当に聖女さまだったのね」

みどりはなにやら一人で納得している。

「うふふ、悟くんが誤解していただけで、わたしは昔からエッチよ」

「そんなことないでしょ」

「悟くんは、女に性欲がないと思っていたみたいだけど、あるわよ」

苦笑したみどりは、悟の頬に手を添えて諭す。

「隣の男の子に、憧れられているんだな、初恋のお姉さんとして見られているんだなぁ、って自覚すると嬉しくなっちゃう。まして、オナペットにされているんだと考えたらたまらなくなって、わたしもオナニーしていたわ」

「そんな、みどりお姉ちゃんがオナニーだなんて、ウソでしょ」

「わたしだってオナニーぐらいするわよ。さて、困ったわね。どういったら、悟くんが信じてくれるのか」

憧れのお姉さんの虚像にすがって泣きそうになっている少年を前に、みどりは思案顔をする。

「仕方ないなぁ。そんなに不安なら、証拠を見てみる?」

「証拠?」

「わたしが東京で男と付き合っていないという動かぬ証拠」

意味ありげな顔をしたみどりは、悟の耳元に唇を近づけるとそっと囁く。

「わたしの処女膜」

「いっ⁉」

「悟くんの予想どおり、わたしが東京で悪い男にやられまくっていたら、処女膜なんてないはずでしょ？　もしあったら、わたしはただ悟くんとエッチなことをしたいだけのスケベな女ってことになるわよね？」

みどりの思いもかけなかった提案に、悟は目を白黒させる。

「みどりお姉ちゃんの処女膜？」

「そう、確かめてみる？」

平然とのたまっているようで、みどりの顔は赤くなっている。

悟は無言のまま、頭を何度も上下させた。

「み、見たいです。みどりお姉ちゃんの処女膜！」

「はぁ、ちょっとからかってあげるつもりが、まさかこんなことをすることになるとはね」

ぼやきながらみどりは、浴衣の裾を赤い帯の部分まで開いた。

真っ白くてほっそりとした両足があらわとなる。太腿も細い。

その上に若草色のパンティがあった。上部に黄色のレース模様が入っていてお洒落だ。

みどりは軽く縁側から腰を上げて、両手を浴衣の中に入れると、すーっとパンティを下ろした。そして、左右の足を上げて抜き取る。

その間、浴衣の裾がかかっていて、女の大事な部分はまったく見えなかった。

「……」

無言で凝視している青少年の前で、綺麗なお姉さんは再び縁側に腰を下ろした。

「さぁ、悟くん前に回って、わたしが東京で男遊びなんてしていない証拠を見てちょうだい」

悟は促されるままに、縁側から降りると、水の張った盥を避けて、地面に膝をついた。

「それじゃ、いくわね」

両足を開いたみどりは踵(かかと)を縁側の縁に乗せて、M字開脚となった。そして、浴衣の裾を開く。

「っ……」

悟の視界にまず飛び込んできたのは、黒いつややかな陰毛だった。真っ白い肌によく映える。

どうやら陰毛までは脱色していなかったようだ。

その黒々とした陰毛はしっとりと濡れており、その奥に肉の亀裂があった。

みどりは両手を、左右の足の外側から回して、自らの亀裂の左右に指を添える。そして、開いた。

くぱっとまるで飴細工のような女性器があらわとなった。午前中、少しだけ見えた桃子のマグロの刺身のような生々しさがない。

「はぁ〜」

子供のころから知っている隣の少年の刺すような視線を女性器に受けて、みどりは口唇から熱い吐息を吐いた。

「悟くんはまだ桃子とやっていないんだから、オマ×コ見たの初めてよね」

「……はい」

ちょっとだけ見たことがあったが、悟はなんとなく隠した。

「それじゃどお、わたしのオマ×コを見た感想は？」

「綺麗です。さすがはみどりお姉ちゃんのオマ×コだ」

「あ、ありがとう」

日の光の中でくぱぁをしながら、みどりは照れくさそうにはにかむ。

「でも……」

「でも？」

みどりは不安そうな顔になった。

「濡れている。みどりお姉ちゃんのオマ×コ、すごくビショビショ」

「そりゃ～ねぇ、お日様を浴びながら、悟くんの前でこんなことしているんだし……濡れちゃうわよ」

含羞を噛みしめたみどりは、苦笑いする。

「女は興奮すると濡れるの。なにも知らない悟くんに、それじゃ、少し教えてあげるね」

みどりは肉裂の突端にある、まるで小さな朝顔のつぼみのような部位を指し示した。

「ここがクリトリスよ。そして、このあたりに尿道口があって、この下の大きな穴が膣孔ね。そして、さらに下にあるすぼまりが肛門」

(肛門？　みどりお姉ちゃんみたいな綺麗な人にも肛門ってあるんだ)

みどりが排泄している様子が、まったく想像できない。

「はぁ、はぁ、わかっている？　これって女にとってすっごく恥ずかしいことしているのよ。悟くんだから特別に見せてあげているんだからね」

「あ、ありがとうございます」

「それじゃ、最後にわたしが東京で男漁りなんてしてない証拠。処女膜を確認して」

　みどりは膣の四方に、人差し指と中指を添えると、ぐいっと拡げてみせた。

　溢れた蜜が、会陰部を通って肛門にまで滴っていく。

「どお？　見えた？　わたしの処女膜」

　悟は太陽の光を、遮らないように注意しながら、女性の肉穴をのぞき込んだ。

「えーと、白っぽい膜が見えます。でも、穴が開いている」

「あのね、処女膜といっても穴は開いているのよ。そうじゃないと月経が詰まってしまうからね。それじゃ、悟くんから見て、その穴から、おち×ちんは入りそう？」

「無理だと思います」

　少なくとも悟の逸物では、絶対に無理だ。

「それじゃ、わたしがまだ処女だということ、わかってくれた？」

「はい。みどりお姉ちゃんは、正真正銘の処女です。まだだれもおち×ちんを入れてない」

東京で悪い男と付き合って、ボロボロにされたわけではない。それと知って泣きたいくらい安堵した。

「はぁ～、悟くんの誤解が解けてよかったわ～」

みどりもまた安堵の溜め息とともに、自らの陰唇から指を離した。

肉裂は閉じたが、狭間からとめどなく光る蜜が溢れている。

ゴクリ……。

生唾を飲んだ悟は、訴えた。

「あの、みどりお姉ちゃんのオマ×コに触っていいの。いや、オマ×コを舐めたい。昨日、みどりお姉ちゃんは、ぼくのおち×ちんを舐めたんだし、いいでしょ？」

「はぁ～、おっぱい触らせてあげたから貸し借りはなしでしょ、といっても納得してくれそうもないわね」

困った顔のみどりは、悟の顔をちらっと見る。

「はい。ぼく、みどりお姉ちゃんのオマ×コを舐めたいです。そして、このいっぱい溢れているマン汁飲みたいです」

悟の剣幕に、みどりは諦めの溜め息をつく。

「お手柔らかに頼むわね」

「はい」

悟は喜び勇んで、M字開脚しているお姉さんの股間に顔を突っ込んだ。

そして、まずは肉裂から溢れ出る蜜を吸った。

ジュルジュルジュル……。

「ああ、なんて音を立てて飲むのよ」

顎を上げたみどりは羞恥の悲鳴をあげてのけ反る。

さらに悟は、肉裂の左右に親指をあてがい、豪快に開いたうえで、濡れた肉の船底を下から上まで、いっきに舐め上げる。

「ひぃ〜〜〜」

のけ反ったみどりは白い喉をさらして、引きつった悲鳴をあげる。

「ああ、これがみどりお姉ちゃんのオマ×コ。マン汁がいっぱいかかっていて、とっても美味しいです」

みどりの生殖器も、マン汁も決して甘いものではない。どちらかといえばしょっぱくて酸っぱいだけの代物だ。

しかし、これがどうしようもなく甘露に感じた。まさに女性の垂れ流す愛液が、蜜と呼ばれる所以(ゆえん)なのだろう。

飢えた犬が、肉を貪るがごとき勢いで、悟は夢中になって舌を動かした。

「あっ、あっ、あっ、あっ……」

白い浴衣をかろうじて帯一つで留めながらも、上体では乳房をさらし、下肢はM字開脚になって露出させている綺麗なお姉さんは、両手を後ろにやって、白い喉をさらしながらとめどなく喘いでいた。

みどりが喜んでくれていると思えば、悟の舌の動きはさらに激しいものとなる。女性器内の粘膜を隅々まで舐めまわし、わかりづらかった尿道口の位置までしっかり把握した。

それから舌先を、膣孔に押し込む。

「あ、ちょっと、そこに舌を入れるのは……ああ」

みどりは驚いたようだが、悟は欲望の赴くままに処女検査を終えたばかりの膣孔をぞんぶんに舐め穿った。

「ああ、ちょっと悟くんの舌、長い。ああ、わたし、処女膜まで舐められちゃっている」

悟もまた、舌先に愛するお姉さんの処女膜をしっかりと感じた。

(みどりお姉ちゃんの、この膜を破るのは僕だ)

そう決意してから、いったん膣から舌を抜く。

そして、惚けているみどりのクリトリスを摘まんだ。

「ねぇ、みどりお姉ちゃんのクリトリス、皮に包まれているよね。これって包茎っていわない?」

「そ、そうね……」

「ぼくが剝いてあげる」

宣言すると同時に、悟はみどりの包茎陰核を口に含んだ。

「ひぃぃぃぃぃぃぃぃぃぃ」

女にとってもっとも敏感な器官を吸引されたみどりは、引きつった悲鳴をあげると口角から涎を垂らした。

悟は強引に包皮を剝くと、中身を舌先で上下に弾きまわした。

「そこ、らめぇぇぇぇ」

年上の女として、余裕ぶっていたお姉さんは縁側で仰向けに倒れた。そして、下腹部をヒクヒクと脈打ちせている。

それと察した悟は、ようやくみどりの股間から顔を上げた。

「はぁ……はぁ……はぁ……」

大股開きで呆けてしまっている綺麗なお姉さんの痴態を、右手の甲で口元を拭いながら見下ろす。

「みどりお姉ちゃん、イッたの?」

「うん、悟くんにイカされちゃったね。わたし」

みどりは恥ずかしそうに、右手で顔を覆った。

悟の眼下では、みどりの膣孔がパクパクと開閉を繰り返している。

それを見た瞬間、もう限界だった。

いきり立つ逸物を持って、みどりの上に乗る。

「みどりお姉ちゃん、入れたい。みどりお姉ちゃんのオマ×コにおち×ちん入れたい。セックスしたい。ぼくみどりお姉ちゃんのオマ×コにおち×ちんを入れた最初の男になりたい。いいでしょ」

イノシシのように突進してくる隣の少年の肩を、みどりは両手で必死に抑えた。

「ダメよ。それはさすがに桃子に怒られちゃうわよ」

「別に桃子は関係ないでしょ。付き合っているわけじゃないし。ぼく、みどりお姉ちゃんと付き合いたい、みどりお姉ちゃんと結婚したい」

「結婚って、女のわたしのほうが、悟くんより三つも年上よ」

「そんなの関係ないし。みどりお姉ちゃんのオマ×コにぼく以外のおち×ちんを入れさせたくない」

必死の悟の瞳と、みどりの困惑した瞳が正対する。やがてみどりは諦めの吐息をついた。

「もう、仕方ないなぁ……いっしょに大人になろうか？」

「いいの？ やったぁ」

歓喜した悟は、そのまま逸物を叩き込もうとしたが、見事にみどりの腹の上を滑った。

「あれ？」

慌てて入れなおそうとしたが、どうしても距離感がつかめない。

緊張で視野が狭窄（きょうさく）しているのだろう。手も震えている。

何度も失敗して焦って泣きそうになる悟をみて、みどりは苦笑して身を起こした。

「そんなに緊張しなくていいのに。いいわ。わたしが入れてあげる。悟くんはそこで仰向けになって」

「あ、ありがとうございます」

気恥ずかしさに泣きたくなりながらも、悟は言われるがままに、縁側に仰向けになった。

いきり立つ逸物は、天を衝かんばかりに反りかえっている。その上に浴衣を纏っているというにしては帯の上と下が開いてしまっているみどりが、膝立ちで跨ってきた。

みどりは左手の人差し指と中指で、自らの陰唇を開き、右手で悟の肉棒を摑むと、腰を下ろしてくる。

濡れそぼり蜜の滴る穴に、亀頭部が添えられた。

「それじゃ、食べちゃうわよ。悟くんのおち×ちん、わたしが……」

「はい。みどりお姉ちゃんの中に入りたいです」

「ああ、うん」

色っぽく鼻を鳴らしてから、みどりはゆっくりと腰を下ろす。亀頭部がヌルリと、半分ほど膣孔に潜った。

切っ先にたしかな抵抗を感じる。

(ああ、みどりお姉ちゃんの処女膜だ。これをぼくがこれから破るんだ)

一時は、東京で悪い男に騙されて、さんざんに犯されて、エロく調教されてしまった……という悪夢に取りつかれていただけに、嬉しさもひとしおである。

「いい、絶対に桃子には内緒よ。あの子、泣いちゃうから」

泣きそうな顔で念押ししてからみどりは、一気に腰を落とした。

「くっ」

みどりの顔が歪み、薄い唇がめくれた。

処女膜がかなり抵抗している気がする。しかし、みどりは強引に続ける。

ぶつん！

切れると同時に、いっきにみどりはさらに深く腰を落とした。

逸物は根本までずっぽりと入る。

「はあん」

みどりは顎を上げて反りかえった。まるで股から入った逸物が、体を貫通して喉から出てきそうだ。

（ひっ、いま皮剝けた。おち×ちんの皮、みどりお姉ちゃんのオマ×コとの摩擦で剝けた。でも、入った。入ったんだ。ぼくのおち×ちんがみどりお姉ちゃんの中に。ああ、みどりお姉ちゃん、すっごく綺麗だ。ああ、でも、ち×ぽが先っぽから溶けそう。いや、溶ける。気持ちよすぎ……）

あまりの快感に悶絶しながらも、一人の女に一枚しかない貴重なものが失われた瞬間である。多幸感と誇らしさで胸がいっぱいになった。

みどりがすがるように手を伸ばしてきたので、悟もまた手を伸ばす。

二人は手を握り合い、互いの指を絡め、そして、手のひらを合わせた。

悶絶するみどりを見上げて、悟は気遣う。

「大丈夫ですか？　その……女の人は、初めてのとき痛いって聞くけど……」

「そうね。痛いわ。悟くんのおち×ちん大きいし……」

「ごめんなさい」

涙目になりながらもみどりは首を横に振った。

「ううん、大丈夫。痛いけど気持ちいいから。悟くんの大きなおち×ちんで、お腹の中を内側から拡げられているの。すっごい気持ちいい」

「ぼくも気持ちいいです。みどりお姉ちゃんのオマ×コの中、温かくてトロトロで、それでいてザラザラの襞が絡みついてくる……最高です」

二人は手を握り合い、しばし見つめ合った。みどりは上体を下ろし、軽く接吻してから再び身を起こした。

「うふふ、悟くんの童貞、わたしがもらっちゃった」

「みどりお姉ちゃんの処女はぼくがもらいました」

二人の視線が絡み合う。

「それじゃ、おあいこね」

「はい」

なんともいえない幸せが全身を包む。

「それじゃ、そろそろ動くわね」

「お願いします」

みどりは悟と手をつなぎながら、細い腰を前後にくねらせた。

「どお、こんな感じで、気持ちいい？」

「気持ちいいです。みどりお姉ちゃんのオマ×コが、ねっとりと絡みついてくる」

「そう、喜んでもらえると嬉しいわね」

悶える悟を見下ろして、みどりは目を細める。

「ああ、悟くんのおち×ちん、びっくんびっくんいっているわ。もう出そうなの？」

「はい。みどりお姉ちゃんのオマ×コの中、気持ちよすぎて」

「いいわよ。そのまま中に出して」

みどりの言葉に、悟は驚く。

「いいの？　その、妊娠しちゃうんじゃ」

「ええ、あとでちゃんっと処理するから、安心して出していいわよ。わたし、悟くんに膣内射精されてみたいの。ダメ？」

みどりにかわいらしく小首を傾げられた瞬間、悟はたまらなくなった。

「ああ、みどりお姉ちゃんの中に射精します。射精させていただきます」

初恋の、それも滅茶苦茶綺麗なお姉さんの処女をもらい、その中で射精できる。その喜びに肉棒が躍りだしそうだ。

睾丸から熱い血潮が吹き出し、肉棒を駆け上がる。そして、爆発した。

ドクン！　ドクン！　ドクン！

「入ってくる。入ってくる。悟くんのザーメンがわたしの中に……あぁ、温かい」

みどりは細い体を反りかえらせて、ブルブルと震えた。

（うわ、みどりお姉ちゃんの表情、すっごいエロい。膣内射精されると女の人も気持ちいいんだ）

種付けされている牝の表情に悟は見惚れた。

やがて思いぞんぶんに噴き出した射精も終わり、逸物の力が抜けると、みどりは悟の胸に倒れ込む。

陽だまりの中、二人はそのまま抱き合ってしばし放心する。

「気持ちよかった……。みどりお姉ちゃんのオマ×コ」

「うふふ、ありがとう。悟くんのおち×ちんも、気持ちよかったよ」

放心している悟の頬を、みどりは人差し指で突っつく。

(みどりお姉ちゃん、単に美人なだけでなくて、エロくてかわいい)

憧れだった存在が手に入り、愛しさが倍増したのを感じる。

「明日、またやりに来ていい？」

「いまやったでしょ」

呆れるみどりに、悟は強く応じる。

「そんな一回じゃ我慢できないよ。ぼく、もっとみどりお姉ちゃんといっぱいエッチしたい」

みどりはまんざらでもないといった顔で、溜め息をつく。

「……仕方ないわね。夏休み中はこっちにいるから、やりたくなったらまたいらっしゃい。桃子がいないときなら相手をしてあげるわ」

第三章　淫らすぎるパイパン放尿

「あ、みどりお姉ちゃん、今日も浴衣なんだ」

夏の蒸し暑い午後、蟬が鳴く中、安田みどりが昼食をごちそうしてくれるというので、原田悟は隣の家にお邪魔する。

玄関で出迎えてくれたみどりは、本日も白い浴衣を着ていた。

「どうやら、悟くんが浴衣フェチっぽいからね」

「みどりお姉ちゃんはなにを着ていても似合うとは思うけどね。でも、やっぱり夏に浴衣姿って、涼やかでいいね」

「ふ～ん、デレデレしちゃって」

面白くなさそうに顔をしかめて皮肉を言った安田家の次女桃子は、大きなスカイブルーの襟の付いた白い半袖の上着に、スカイブルーの膝丈スカート、胸元には赤いスカーフという夏服のセーラーだった。

昼食を終えたら部活のために学校に行かねばならないので、その準備をしているのだ。

「さぁ、上がって。たいしたものじゃないけど、そうめんを茹でたのよ」

「みどりお姉ちゃんの手料理か。楽しみだなぁ」

かくして悟は、安田家に上がり込む。安田家の両親も働きに出ているので、美人姉妹との食事である。

夏野菜の植えられている中庭の見える十畳ほどの部屋に、黒塗りの重厚なテーブルがあり、その中央に大きなザルが置かれ、そこに氷水のかけられた白いそうめんが山盛りにされていた。

そうめんの山に三方から割り箸を伸ばし、それぞれの透明なガラスの器に入っためんつゆに浸けて食べる。

薬味は、擦りたてのワサビとミョウガ、海苔を刻んだものだ。

セーラー服の桃子には興味がない。そんなものは見飽きていた。

それよりも、涼やかな着物姿の美女が、甘栗色の髪が汚れないように押さえながらそうめんを食べている姿こそ目の保養である。

涼が取れるし、そうめんの味を何倍にも増幅してくれた。

(う〜む、みどりお姉ちゃんはなにをやっていても色っぽい。まさに清涼美人)

セックスのときの表情もエロくていいが、単にそうめんを啜っているだけでも絵になる。

「あ〜美味かった〜。みどりお姉ちゃんは、料理も上手だよね」

あばたもえくぼで、なんでもかんでも褒める悟の感想に、なぜか桃子が気分を害する。

「冷やしそうめんに、料理の腕前は関係ないでしょ」

「そんなことないだろ」

「これくらいわたしでもできるわよ」

なぜか桃子がムキになって絡んでくる。悟が困惑していると、みどりが仲裁してくれた。

「まぁまぁ、桃子。そんなにゆっくりしていていいの？　そろそろ時間じゃない？」

「ん？　いけない。バカにかかわっている時間はなかったわ」

部屋の大時計を確認した桃子は、慌てて立ち上がる。

その瞬間、セーラー服の上着の裾がすっとめくれて、丸い臍が見えた。

どうやら、夏ということで、素肌に直接、セーラー服を着ているらしい。

「じゃ、いってきま～す」

「いってらっしゃい。気をつけるのよ」

姉の言葉に見送られた桃子は、まるで野生の女鹿のように、躍動感に満ちた動きで家を飛び出すと、愛用の自転車に乗っていってしまった。

安田家には、悟とみどりだけが残る。

「元気な子。悟くん、食後のデザートにメロンはいかが？」

「いただきます」

そうめんの食器を片付けたみどりが、冷えたメロンを持ってきてくれた。

それを悟が平らげている間、みどりは台所で洗い物をしてくれている。

（みどりお姉ちゃんの後ろ姿も素敵だ。細い首が長くて、白いうなじが色っぽい。足首もすらっとしている。こういうのを小股の切れ上がったいい女というんだろうな）

辛抱たまらなくなった悟は、大急ぎでメロンを飲み込むと、洗い物をしているみどりの細身の体を後ろから抱きしめた。

「ちょっと悟くん？」

「桃子もいなくなったし、いいでしょ？」

みどりの甘栗色の頭髪に顔を突っ込んでいい匂いを嗅ぎながら、いきり立つ逸物を誇示するように、みどりの臀部の谷間に押しつけてやる。

「まったく……まぁ、わたしも期待していなかったわけではないけどね」

まんざらではないという顔で悪戯っぽく笑ったみどりは、濡れた手を手ぬぐいで拭いた。

振り向いたみどりの薄いピンクの唇を、悟は即座に奪う。

「う、うむ……」

みどりも応えてくれた。互いに舌を絡め合う。

（ああ、みどりお姉ちゃんの舌、美味しい）

特に味がするわけでもないのに、ずっと舐めしゃぶっていたくなる。

興奮した悟は、舌だけではなく、歯や上顎など、できるかぎりみどりの口内を舐めまわした。

その勢いに押されたみどりもまた興奮しているようで、鼻息を荒くしている。

ようやく満足して唇を離した悟は、互いの鼻の頭をつけるようにして宣言した。

「それじゃ、桃子が帰ってくるまで、今日は一日、エッチ三昧ということで」

「一日中って……。悟くん。きみはいったいどれだけ性欲が有り余っているのかな?」

呆れるみどりの細い腰を抱き、いきり立つ逸物を押しつけながら悟は大真面目に宣言する。

「みどりお姉ちゃん相手なら何発でもできる。なんなら世界記録に挑戦してもいい」

「いや、そんなものに挑戦しなくていいから」

苦笑しながらもみどりは浴衣を脱ごうとした。それを悟は止める。

「あ、待って。みどりお姉ちゃん、ひとつお願いしていい」

「なに?」

飢えた獣のように求めてくる少年が、服を脱ぐことを止めたことにみどりはいささか不審そうである。

悟は照れくさそうに頬を掻きながらお願いした。

「いや、せっかく浴衣なんだし。時代劇というか、実際にやっているのは見たことないんだけど、定番であるでしょ。着物美人の帯を引いて脱がすやつ。あれやってみたい」

「……なるほど、いいわよ」

二人は居間に移動した。そして、先ほどそうめんを食べた机を、部屋の隅に移動する。

　そして、中央に立ったみどりは、浴衣の帯の端を悟に握らせた。

「これを引けばいいんだよね」

「どうぞ」

「それではいきます」

　みどりに促された悟は、軽く咳払いをした。

「よいではないか、よいではないか」

「ああ、お代官さま、堪忍してくださいませ」

　悟の悪乗りに、みどりも付き合ってくれる。

「そ〜れ」

　悟は勢いよく浴衣の腰帯を引いた。

「あ〜れ〜」

　いささか芝居がかった声をあげながらみどりは両手を頭上にあげて、クルクルと独楽のように回ってみせた。

　そして、パタリと崩れ落ちる。

　膝を崩した女の子座りだ。

浴衣の裾から出た白い太腿が色っぽい。もちろん、帯を失ったのだから、浴衣の前がはだけて、薄い緑色の生地にレースの付いたブラジャーとパンティがあらわとなる。いずれも女子大生らしいセクシーな下着であったが、その光景を見て、悟は少しがっかりする。

「あの……みどりお姉ちゃん、ぼくいま思ったんだけど」

「なに？」

「やっぱり浴衣に下着は似合わないよ。これからはみどりお姉ちゃんも、浴衣のときには下着をつけないでください」

悟の要望に、みどりは苦笑する。

「はいはい。わかりました」

みどりは浴衣の下から、ブラジャーとパンティだけを抜き取る。

それからチラッと、悟の顔を見て悪戯っぽく笑う。

「もしかして悟くんは、わたしに下着を穿かせる暇もなく、やりまくるつもりかしら？」

「それは……まぁ、下着がないほうがやりやすいよね」

「もう、悟くんったらエッチなんだから……はい。これでいいの？　お代官さま」

畳の床に女の子座りとなり、浴衣の前がはだけて、白い谷間と黒い陰毛を露出させているみどりを見て、悟は生唾を飲んだ。

「ごくり……。いい。みどりお姉ちゃんいい。本当に色っぽい」

辛抱たまらなくなった悟は、ズボンを引き下ろし、いきり立つ逸物を誇示すると、みどりの顔の前で仁王立ちする。

「そこの町娘、拙者のお大事にご奉仕せよ」

「ああ、なんてご無体な……」

みどりは着物の袖を上げて、泣き真似をしてみせる。

「ほれほれ、はようせぬか」

悪乗りしている悟は腰を振り、いきり立つ逸物をみどりの甘栗色の髪の頭頂部にちょんまげのように乗せてやった。

「もう……」

悟の子供っぽさに呆れながらも、みどりは両手で逸物を取った。

「こんな大きなもの、いりませぬ。お口で勘弁してくださいませ……」

哀れっぽい演技をしながらも、みどりは薄い口唇を開き、ピンク色の濡れた舌を伸ばすと、ペロリペロリペロリ……と亀頭部の鈴口を下から上へと舐めてくれる。

悟の逸物は、みどりの努力の結果、仮性包茎になってきた。勃起するとかなり剝ける。とはいえ、完全には剝けきらないので、みどりの舌が補完する。

（みどりお姉ちゃんって、おち×ちんの皮を剝くの好きだよな。でもまぁ、おかげで剝かれても痛くなくなってきたけど）

みどりの愛の籠もったフェラチオを堪能した悟は、そこからさらに悪乗りすることにする。

「そんなお上品ぶった咥え方ではなく、もっと豪快に咥えぬか」

悪代官ぶった悟は、みどりの頭髪を両手で抱えると、口腔に逸物を押し込んだ。

「うむ……」

（あ、やばい……）

喉奥を突かれたみどりは、軽く目を剝いてえずいた。

反省した悟は、慌てて逸物を引く。

悟は、みどりを自分のものにしたいのであって、傷つけるつもりはいっさいない。

しかし、みどりの両手は逸物を摑んで離さなかった。そして、見上げてニッコリと笑う。

「お代官様、こういうのはいかがでございましょうか？」

大きく口を開いたみどりは亀頭部を豪快に咥えてきた。だけではなく、頬をへこませて、ジュルジュルと啜りはじめた。

（うわ、この吸引……ってみどりお姉ちゃんの顔!?）

かつてない吸引力を持ったバキュームフェラに、悟は悶絶したが、それ以上に眼下に見たみどりの顔に驚愕した。

　なんとあの清楚で美しいお姉さんが、逸物を咥えながらひょっとこ顔をしていたのである。

（うわ、あのみどりお姉ちゃんが、こんな変顔しながら、ぼくのおち×ちんを一生懸命に吸ってくれている。みどりお姉ちゃんのこの表情を見たことがあるのは、おち×ちんを咥えてもらったことのあるぼくだけなんだよな）

　優越感で胸がいっぱいになる。

「いい、最高!!」

　日常生活では決して見られない。みどりの変顔で逸物を啜られているだけで、悟は満足であったが、人間の欲望にはきりがない。

「ねぇ、次は、次はおっぱいで挟んでよ、いや、違った。そこの娘、次はそのエロいおっぱいでご奉仕するのじゃ」

「はい。お代官様の仰せのままに」

逸物から口を離したみどりは、両手で白い乳房を持ち上げると膝立ちとなって、唾液に濡れ輝く赤黒い逸物を包み込んだ。

「おお」

眼下の光景に感動する悟に、みどりが上目遣いで質問してくる。

「いかがでございますか？　お代官さま」

「よ、良きに計らえ」

あまりの多幸感に惚けてしまっている悟の逸物を、白い乳房の谷間に包んだみどりは、一生懸命に上体を上下させてくれた。

真夏であるし、けっこうな重労働なのだろう。みどりの全身から汗が噴き出している。

（これがパイズリ。ちゅ、ちゅばらしい）

みどりの絹のような肌触りが気持ちいいのはもちろんだが、自分の逸物がみどりの乳房に包まれているという光景そのものが、悟を興奮させた。

悟が歓喜に震えているさまを見て、みどりはさらにサービスする気になったらしい。

「お代官さま、こういうのはいかがでございましょう」

逸物を白い乳房に挟んだまま、みどりは舌を伸ばした。

そして、まるで母猫が、小猫の放尿を促すように、尿道口をペロリペロリと舐める。

（ああ、みどりお姉ちゃん、やっぱりエロい。エロすぎ。エロいお姉さん大好き）

見た目は清楚なのに、中身はとってもエロエロなお姉さんの淫技に、思春期の男の子は屈した。

陰嚢から込み上げる昂り（たかぶ）が、白い肉に包まれた肉筒を駆け上がり、そして、濡れた舌先で穿られていた穴から噴射した。

プシャ！

白濁液がみどりの顔面にかかった。

本日一発目ということもあっただろう。濃厚で大量の精液だった。

綺麗なお姉さんの顔が、自分の精液でべっとりと汚されたのだ。なんとも所有欲を満足させられる光景である。

白い顔からドロドロと滴った精液は、みどりの細い鎖骨の窪みにたまり、さらに胸元まで汚した。

「お粗末さまでした」

逸物から離れたみどりは、自らの惨状を見下ろして溜め息をつく。

「これは浴衣を洗わないとね」

羽織っていた最後の一枚をみどりは脱いだ。

その一糸まとわぬスレンダーな、美しすぎる裸体を見た瞬間、悟は我慢できなくなった。

「みどりお姉ちゃん！」

有無を言わさずにみどりを押し倒すと、うつ伏せにして尻を抱え上げた。

「ちょ、ちょっとなに」

驚くみどりのむき出しになった女性器に向かって、悟はたったいま射精したばかりなのに、まったく小さくならない逸物を叩き込む。

「あん」

パイズリしながら、みどりも興奮していたのだろう。膣洞は奥までしとどに濡れていた。

さらに悟は、両手をみどりの腋の下から入れると、両の乳房を鷲掴みにする。

手の中にほどよく収まる美乳だ。それを先ほど浴びせたザーメンを擦り込むように揉みしだきつつ、腰を全力で叩き込む。

パンッ！　パンッ！　パンッ！

白いお姉さんの尻と、猛る少年の腰が激しくぶつかり合う。

「ちょ、ちょっといきなり激しい。あんっ、あんっ、あんっ」

「みどりお姉ちゃんのお口もおっぱいもいいけど、やっぱりオマ×コが最高」

「ダメ、そんなに、あん、激しくされたら、あん、イッちゃう！　イッちゃうから！」

活きのよすぎる男子高生の繰り出す超高速ピストン打ちに、女子大生のお姉さんは悶絶する。

（よし、このままイカせるぞ）

悟にはひそかな野望があった。

それはすなわち、みどりを自分のものにしてしまうことだ。名づけて「みどりお姉ちゃんをぼくだけのおち×ぽ奴隷にするぞ計画」だ。

その計画内容とは、つまり、みどりをとにかくイカせて、イカせて、イカせまくる、というものだった。

悟のおち×ちんの気持ちよさを、身に刻み込まれてしまったみどりは、自分から離れられなくなるはずだ、という思惑である。

「あはは、みどりお姉ちゃん、お尻の穴がヒクヒクしているよ。みどりお姉ちゃんって、イキそうになるとお尻の穴が痙攣するんだよね」

「もう、そういうところは見ないで、あん、もう、もうだめぇぇぇぇ」

ヌルヌルザラザラの膣壁が、キュッキュッキュッと肉棒に絡みついてきた。みどりが本気でイッたことを知った悟は、そのまま膣内に出そうと思ったがふと思い立ち、逸物を引っこ抜いた。

ドビュュュュュ!!!

勢いよく噴出した精液が、みどりの白いほっそりとした背中からくびれた腰、すっきりとした尻にかけてたっぷりとぶっかけられる。

「はぁ……はぁ……はぁ……」

白い尻を高く掲げて、土下座したように両手を投げ出して潰れたみどりは、荒い呼吸をしている。

尻にかかった精液が谷間を通って、肛門を流れ、女性器を滴り、白い太腿を伝い落ちていく。

(うわぁ……みどりお姉ちゃんがぼくの精液まみれだ)

その光景に満足した悟は手を伸ばし、ほっそりとした背中からお尻にかけて浴びせられていた精液を引き延ばし、太腿から足首、さらには足の指などに塗りつける。

さすがにみどりは不審がった。

「なにをしているの?」

「みどりお姉ちゃんの体で、ぼくの精液を浴びせられてないところはないようにしようと思って」

犬のマーキングのようなものである。

みどりの全身を自分の精液で包み込むことで、自分の所有物だと安心感を持ちたかったのだ。

「まったく、こんなにされたら、お風呂に入らないと。悟くんのザーメンでわたしの髪までカピカピよ」

「いいね。いっしょに入ろう。昔みたいに洗いっこしよう」

ということで、悟とみどりはいっしょに風呂に入った。

シャワーを浴びせ合い、じっくりと洗ってあげる。

「あ、こら、悟くん、これは洗っているとは、ああ……言わないから……あん」

洗うと称して悟は、執拗にじっくりとねっとりと長時間にわたって乳房を揉み解し、膣孔にも指を入れてこね回した。結果、みどりは、トロットロになってしまう。

(いや~、みどりお姉ちゃんの体って、どこを触っていても、いつまで触っていても

飽きないな。東京の大学になんて帰したくない。いつまでもぼくとこうやってエッチなことをしていればいいのに)

悟は自分のことを田舎の平凡な学生だと思っている。

しかし、みどりは美人で頭がよくて、東京の有名な大学に通う女子大生だ。そのうえ、おしゃれにもなった。

モテないはずがないのだ。

都会の男たちが、その洗練された手練手管でみどりを誘惑する光景が目に見えるようだ。

(ダメだ。みどりお姉ちゃんを東京のやりちん男たちから守らないと。みどりお姉ちゃんのこの綺麗な肌も、柔らかいおっぱいも、気持ちいいオマ×コも、髪の毛一本に至るまで、全部、ぼくのものだ)

そのためにはどうしたらいいだろう。みどりの陰毛を摘まみながらふと思いついた。

「ねぇ、みどりお姉ちゃん。ぼくさ、みどりお姉ちゃんのこの陰毛も、色っぽくて好きなんだけど、クンニするとき少し邪魔なんだよね。剃ってみない?」

「え!? それはつまり、悟くんは、わたしをパイパンにしたいの?」

「ダメかな」

年下の男に子犬のような目で見つめられ、懇願されたお姉さんは困った顔をしながらも、妥協した。

「悟くんがしたいなら、まぁいいわよ」

(よし)

悟は内心でガッツポーズをする。

(これでみどりお姉ちゃんが東京の大学で、どんな魅力的な男に言い寄られても、パイパンだから体を開くことができない。つまり、東京で恋人を作ることはできないということだ)

パイパンにされた女が、本当に浮気ができないかどうかは知らないが、自信のない男としてはそれで安心が欲しいのだ。

「それじゃ、さっそくやろう」

悟は嬉々として、みどりを湯舟の縁に腰を下ろさせると、蟹股開きにさせた。

そして、みどりの陰毛で石鹸を泡立てると、安全カミソリを下ろす。

「あっ……」

冷たい刃が、ヴィーナスの丘に添えられるとみどりは緊張の吐息を漏らした。

「大丈夫。みどりお姉ちゃんのこの綺麗な肌には絶対に傷をつけないから」

ジョリ……ジョリ……ジョリ……。

悟が慎重に安全カミソリを動かすたびに、綺麗なお姉さんの艶やかで黒々とした陰毛が姿を消していく。

(ああ、もったいないなぁ。みどりお姉ちゃんは陰毛も綺麗だったんだけどな。でも、これもみどりお姉ちゃんをやりちん男たちから守るためだ。みどりお姉ちゃんはぼく以外の男の前で裸を見せたらダメなんだ。ぼくだけのものなんだから)

強い独占欲と使命感に燃えて、悟は心を鬼にして綺麗なお姉さんの陰毛を奪っていった。

ぷっくりとした恥丘に続いて、肉裂の左右にあった柔毛もすべて剃り落とす。

最後にお湯をかけてすべてを洗い流したあと、悟は仕上げのほどを確認するために頬を付ける。

「よし、頬擦りしても毛根の痕もわからないくらいつるつるになった」

満足した悟は、改めてつるっぱけになったみどりの秘部を眺め、さらに左右の人差し指で、肉裂をペラッと開いてみる。

「わぁ、毛がなくなったことで、みどりお姉ちゃんのエッチなオマ×コが隅々まで丸見え。エロ。みどりお姉ちゃんの体、エロすぎ!!」

「もう……悟くんがしたんでしょ」

さすがに怒ったみどりは、軽く悟の頭を叩くふりをして、いまさらのように両手で股間を隠す。

そして、ブルと震えた。

「どうしたの？」

「いや、ちょっと体が冷えちゃったみたい。録音にいってくるわ」

録音とは、おトイレの隠語であろう。状況から察することができた悟は、風呂場を出ようとしたみどりの手首を摑んで、引き留めた。

「あ、まって、おしっこならこの場でしてみせてよ」

「はぁ？」

「みどりお姉ちゃんのおしっこするところ見てみたい。幸い毛もなくなったし、出るところがよく見えると思うんだ」

みどりはジト目を向けてくる。

「悟くん、いうことやること、どんどん変態っぽくなっているんだけど……」

「だってみどりお姉ちゃんの全部を知りたいんだもん。お願い。一回だけ。一回だけでいいから、みどりお姉ちゃんのおしっこしているところを見せて」

悟に拝み倒されたみどりは、諦めの溜め息をつく。

「一回だけよ。もう……」

みどりは悟にいわれるがままに、右足立ちとなり、左足を開いて湯舟の縁にかける。

「これでいいのって、そこにいるとかかるわよ」

悟が眼下に屈みこんでいることに、みどりは呆れる。

「平気、平気、みどりお姉ちゃんのおしっこなら汚くないから」

「汚いわよ」

「大丈夫。ぼくはさっき、みどりお姉ちゃんの顔面にザーメンかけたんだし、おあいこだよ。だから、安心してみどりお姉ちゃんのおしっこするところを見せて」

悟は人工パイパンの美女の、女性器をメラリと開き、ポツンとした針の穴のような尿道口を見ながら懇願する。

「あ〜、もう知らないからね」

そういったみどりだが、下腹部を上下させるだけでなかなか放尿はしない。

「まだ？」

「いや、出ないわよ。立ったままおしっこしたことなんてないし……悟くんにかけるなんて」

みどりが躊躇っているのを見て取った悟は、膣孔の中に指を入れると、入口付近の腹部側を押してみた。

「あ、ちょ、ちょっとなにしているの?」

「ここをGスポットっていうらしいんだ? どう、気持ちいい?」

物の本によると、女性はGスポットを刺激されると、気持ちよくて潮を噴くのだという。その噴き出す潮はおしっこだとも言われている。だから、ここを刺激してやれば、放尿するのではないか、と思ったのだ。

「気持ちいいというか、あ、痺れるというか、下半身から力が抜けてはぁ、ダメ～」

ブル……。

軽く震えたみどりのすっきりとした下腹部が軽く脈打ち、次の瞬間、悟に弄られていた穴の前にある小さな尿道口から、液体が噴き出した。

プシャ! ジョロジョロジョロ……。

(あはっ、みどりお姉ちゃん、本当に潮を噴いた)

最初は潮噴きだったのかもしれないが、途中から本当のおしっこになったようだ。

歓喜した悟は、綺麗なお姉さまの温水を頭から浴びて驚きながらも、笑顔で両手をあげて掬い上げる。

「あはは、これがみどりお姉ちゃんのおしっこなんだ。あったか～い」

「もう、知らない……」

自分のおしっこで遊んでいる年下の男の子を見ながら、みどりは左手で顔を覆った。

＊

「みどりお姉ちゃん、ここ気持ちいい？」

風呂から上がっても悟は、やっぱりみどりの体にとりついていた。より正確には逸物を膣孔に入れたまま抜こうともしない。

「うん、気持ちいいわ、ああ」

「なるほど、こっちのほうが気持ちいいんだぁ」

みどりの部屋に入り、みどりが日常的に使っている寝台の上で、悟はネットで調べたさまざまな体位、いわゆる四十八手を、一つ一つ丁寧に試していた。

「悟くん、研究熱心すぎ……」

「だって、みどりお姉ちゃんにいっぱい気持ちよくなってもらいたいからね。みどりお姉ちゃんの体は、オマ×コの中まで文字どおり、丸裸にしてあげる」

「もう十分に丸裸にされているわよ」

処女をあげただけではなく、全身余すところなくザーメンを塗られ、陰毛を剃られ、Gスポットを開発され、放尿姿を見られたのだ。

みどりの体感としては、すべてを悟にあげた気分であろう。

しかし、悟のほうはたゆまぬ好奇心の赴くままに、みどりの性感帯を掘り起こしつづけた。

「おお、ここの情報によると、おち×ちんを入れたまま、女の人を六回連続でイカせることをヌカ六っていって、女の人は最高に気持ちいいみたい。いまからやってみよう」

「ろ、六回って……。ちょっと、わたし、もうすでに何回もイッているわよ」

「でも、いままでは数えてなかったし、ノーカン。これから数えよう、それじゃ一回目、いくよ」

逃げようとするみどりの白く長い脚をV字に押さえつけ、悟は腰を叩き込む。

「ああ、そこ、ダメ、ダメ、気持ちいい、気持ちいいの～」

「やっぱり、ここが気持ちいいんだ。だいぶ、みどりお姉ちゃんの感じるポイントがわかってきた。これなら本当に六回連続でイカせられるかも」

こうして悟は、夕方になるまでひたすらにみどりを犯しつづけた。

正常位から始まって、横位、後背位。立ちバック。ベッドに肘を付けさせての碁盤責めに、騎乗位、背面の騎乗位とさまざまな体位で犯しぬく。

「ああん、ダメ、そんな気持ちいいところばかり責めないで、ああ、またイッちゃう。ひぃひぃひぃひぃ、これ以上はダメ、ほんと許して。あひっ、これ以上、イカされたら、おかしくなる」

「おかしくなっていいよ、みどりお姉ちゃんはぼくのおち×ちんのことだけ考えていればいいんだ」

疲れを知らない少年に、長時間にわたって掘られつづけたお姉さんは、白目を剝いてヒクヒクと痙攣している。

（くー、みどりお姉ちゃん、またイッた。イクときのみどりお姉ちゃんのオマ×コの動き、ほんと犯罪的に気持ちいい。キュッキュッと締まるんだもんな」

釣られて射精したくなるのを必死に我慢しながら、腰を使いつづける。

「お願い、悟くん、少し、少し休ませて」

「ダ〜メ、みどりお姉ちゃんが六回連続でイクまで続けます。だから、あと二回、イカせますから」

「ああん、そんなに連続でイカされたら、死ぬ、死んじゃうわ。ああ～」

ふだんは取り澄ましている優しいお姉さんが、いまや全身汗まみれになって、年下の男に縋（すが）りついて泣いてしまっている。

（うわ、みどりお姉ちゃん気持ちよさそう。こんなに我を忘れて感じてくれるだなんて……。このままいけば、堕ちるんじゃないだろうか？）

女性が堕ちるという状態が、どういう状態を指すのかよくわからないが、とにかくイカせて、イカせて、イカせまくれば、女は男のおち×ちんから離れられなくなるのだろう。

なんとなくそんなイメージを持って、悟はとにかくみどりをイカせることに血道を上げた。

「ひぃ、もうダメ、またイク、またイッちゃう、イカされちゃう、悟くんのおち×ちんで、イッちゃう――!!!」

ビクビクビク……。

悟に四肢を絡ませながらみどりは、またも絶頂した。

その絶頂痙攣をなんとか耐え抜いた悟は、気合いを入れなおす。

「よし、いまの五回目です。次で最後。みどりお姉ちゃんのイッた瞬間に、中出しします」

「やっと、中に出してくれるの？」

物欲しそうな眼差しで見上げてきたみどりの顔を見て、悟の胸はキュンキュンした。

女はいろんなかたちで絶頂するようだが、中出しされながらいっしょにイクのが一番気持ちいいらしい。

どうやら、みどりは本日、何度も悟にやられながらも膣内射精をされなかったのが不満だったようだ。それと察した悟は大いに奮起した。

「はい。みどりお姉ちゃんの子宮にたっぷりとぼくのザーメンを飲ませてやります。妊娠させるつもりで、出しますから」

悟はヌカ六に挑戦しはじめてから、まだ射精していない。それ以前に数度出していたから、我慢できたが、もう限界だった。

(中出し絶頂でトドメだ。みどりお姉ちゃんを絶対に堕とす)

そんな決意を新たにした悟は、みどりをうつ伏せにして右足の太腿に跨ると、左足を抱え上げた。

ネット情報にあった「燕返し」と呼ばれる体位になる。解説によると、挿入が深いため、中出しが気持ちよく、妊娠しやすいとのことだ。

その体位で、悟はいままで押さえていた欲望を爆発させた。腰遣いをいちだんと荒々しくする。

「ひぃいぃ、激しい。奥は、奥はダメ。いま、中に出されたら、わたし、わたし、悟くんの赤ちゃん、妊娠しちゃう、妊娠しちゃう……から……」

若い牡のラストスパートが始まり、美しき牝もまた大いに盛り上がったときだ。

ふいに電子音が聞こえてきた。

「で、電話……。ああん、電話が、ひぃ、鳴って、いるわよ。あ、あれって悟くんの、ひぃあん、スマホでしょ」

「だれだよ。いいところなのに」

水を差された気分の悟は、無視したかったが、呼び出し音が気になってみどりも集中できないだろう。悟はしぶしぶ、しかし、みどりとはつながったままスマホを取る。

相手は学校のクラスメイトの女子だ。悟とはそれほど親しくはないが、桃子の友だちだったと思う。

（珍しい相手だな）

戸惑った悟だが、みどりを冷めさせないように腰を使いながら、通話ボタンを押す。

そして、思いもかけないことを告げられた。

「なにぃっ!? 桃子のやつが部活の練習中に怪我をしたっ!?」

これには悟の野望「みどりお姉ちゃんを、ぼくだけのおち×ぽ奴隷にするぞ計画」も中断を余儀なくされた。

＊

「桃子は大丈夫なのか!」

血相を変えた悟が高校に出向くと、テニスコートの横にあるベンチに、オレンジ色のランニングに、白いスコートというテニスウェアの桃子が座っていた。

左足が素足になっており、足首に濡れたハンカチのようなものが巻かれている。どうやら、冷やしているようだ。

ちなみにテニスウェアにおいて、ミニスカートのことをスコートというらしい。丈の短いスカートでテニスのような激しい運動をしたら、当然のように下着が見える。そこでスコートの下に履く見えてもいい下着、アンダースコート、略して通称アンスコと呼ばれるパンツを、パンティの上に穿いているのだそうだ。

(そんなの穿くくらいなら、そもそもそんな短いスカートで運動するなよ)

と悟としてはツッコミたくなるのだが、テニスとはそういうスポーツなのだ。

悟の姿を見た女子テニス部員が声をあげる。

「桃子、旦那が迎えにきたわよ」

「だれが旦那だ」

「だれが旦那よ」

悟と桃子の声が綺麗にハモったものだから、女子テニス部員一同から爆笑があがった。

顔を赤くした桃子はムキになって叫ぶ。

「ちょっと足をひねっただけよ。独りで帰れるのに。なんでわたしが怪我すると、無条件でこいつが呼ばれるのよ」

「無理しない、無理しない。無理をすると悪化するわよ」

桃子の友だちが慰めている。

どうやらたいした怪我ではないらしいと察した悟は安堵の溜め息をつくと、桃子の下に歩み寄る。

「とりあえず連れて帰ればいいんだな。ほらよ」

悟は屈み込み、背中を桃子に差し出す。

「あ、ありがとう」

ばつが悪そうに顔を赤くした桃子は、素直に悟の背中に負ぶさってきた。

「それじゃ帰るぞ」

悟が立ち上がった拍子に、桃子がズルリとずり落ちそうになったので、悟は慌てて両手を後ろに回して、桃子のアンスコに包まれたデカ尻を摑む。

「はぅぅ」

桃子が変な声を出したので、悟は背中に確認する。

「痛むのか？」

「ううん、なんでもない」

ここのところ連日、みどりの美体を心ゆくまで楽しんでいる悟は、ついつい女性の尻に触ることに抵抗がなくなってしまっていた。まして、相手は桃子である。

一方で、気の強い桃子が、お尻に触られたのに怒りもしないで、顔を真っ赤にしておらしくしているさまに、部活仲間たちは囃し立てる。

「ヒューヒュー、怪我をしたらすっ飛んできてくれるなんて、優しい彼氏で羨ましいわ」

「高校卒業をしたら即結婚なんじゃないの、あんたたち」

「子作りは計画的にね。いま妊娠したらヤバイわよ」

桃子は反論しなかった。いや、できなかったのだ。

実はこのとき、本人以外のだれも気づかない危機が桃子を襲っていた。

本日、桃子は炎天下の練習で汗をかいたので、思わずアンスコの下のパンティを脱いでしまっていたのだ。ふだんならぜんぜん問題のない行為である。

しかし、いま現在、悟が桃子の尻を摑んだ拍子に、アンスコの右だけ引っ張っていた。

するとどういうことが起こるのか？　アンスコの股布が右側に大きくずれたのだ。

下になにも穿いていない状態で、である。

しかも、悟が桃子の尻を左右から摑んでいるものだから、肉裂を思いっきり割られてしまっていた。

もし、いま桃子のスコートの中を下から覗く者がいたら、乙女の秘部が丸見えであったことだろう。

その危機を自覚した桃子であったが、だれにも告げることができず、ただ強く悟の背中を抱くことで耐えた。

「くぅ〜、見せつけてくれちゃって」

「こんちきしょう。結婚式には呼んでよね～」

乙女の窮状を知らぬ女子テニス部員たちに囃し立てられながら、悟はテニスコートをあとにする。

駐輪所に向かう途中、校舎の近くを通ったとき、俗にいうビル風が吹いた。

桃子の白いスコートが、パタパタパタパタと強風にはためく。

「はぅぅぅ」

アンスコから大事な部分を露出させられてしまっている少女は、その敏感な部分に風を感じて、あまりの羞恥から男の肩に強く抱きついた。

ぐいっと肉感的な乳房が、悟の背中で潰れる。

「大丈夫か？」

「だ、大丈夫よ」

桃子は裏返った声を出す。

軽く小首を傾げてから歩を進める悟の背中には、単に肉の塊が二つ押しつけられているだけではなく、その先端の硬い突起も感じられた。

（こいつ、またノーブラだな。いくら暑いからって横着しすぎだ。ほんと色気のない女だよなぁ。しかし、でけぇおっぱい）

悟はみどりの乳房で十分すぎるほどに満足していたが、それよりも桃子の乳房のほうが明らかに大きいと実感させられる。

(こいつのおっぱいって揉みごたえありそうだよな。背後から突きまくりながら、おっぱいを掴んでぐいっと持ち上げるとか。パイズリとかやったら最高なんだろうな。……やべぇ、最後にみどりお姉ちゃんの中に出さずにきたから、桃子のおっぱいなんかを意識してしまった)

桃子を異性として認めるのが、なぜか嫌な悟は、意識を逸らすために適当なことを口走った。

「そういえばおまえ、着替えなくていいのか?」

「あ、うん……」

桃子は言葉少なく応じた。

油断すると腰が下がる。すると肉裂がさらに大きく拡げられるのだ。

ただでさえ校内で、男に背負われるなどという姿は、他人の注目を浴びる。それなのにアンスコをずらされたあげくに、ひそかにくぱぁされてしまっている少女は青息吐息であった。

(そんなにくっつかれると暑苦しいんだけどな。呼吸も妙に色っぽいし……。それにしてもこいつの尻、ぷりっぷりだな。まさにプリケツ。オマ×コも締まりそう、というか、絶対にギッチギッチだろ。ち×ぽ咥え込んだら抜けなくなりそう。くぅ〜、気持ちいいんだろうな）

童貞時代はいま一つ想像できなかった膣洞の気持ちよさ、それをみどりという具体例を知ってしまったせいで、桃子のものまで妙に生々しく想像できてしまう。

（くぅ、こんな色気のない女に発情してしまうとは、一生の不覚。早く帰って、みどりお姉ちゃんともう一発やりてぇ。あ、でも、こいつを連れ帰ったら、今日はもうできないのか。ああ、もう、こいつがへましたばかりに、みどりお姉ちゃんを堕としそこなった）

悟の逸物をぶち込まれ、トロットロになっていたみどりの顔を思い出すと、たまらない気分になる。

（ああ、やりてぇ。このさい桃子のオマ×コでもいいから、ち×ちん突っ込んですっきりしたい）

そんなことを考えながら歩いていた悟だが、背中の桃子が妙に静かなことが気になった。

「なんかおとなしいな、おまえ。そんなに練習で怪我したのが悔しかったのか？」

「な、なんでもないっていっているでしょ」

幼馴染みの少女らしくない態度に首を傾げながらも悟は、自転車の駐輪所に到着した。

「その足じゃ運転できねぇだろ。俺の後ろに乗れよ」

悟は自転車の荷台に、桃子を座らせる。テニスウェア姿の少女は、両足を進行方向の右側に揃えて出す横座りとなった。

「それじゃ、発進するぞ。しっかり捕まっていろよ」

「うん」

桃子は、落ちないように両手でしっかりと悟の腰を抱き、背中に胸を押しつけてくる。

(ちくしょう。今日のこいつは、妙にしおらしいから調子狂うぜ)

背中にぴったりと張り付いた大きな肉塊の存在を意識しながら、悟は必死に自転車のペダルをこいだ。

*

「桃子、大丈夫だったの？」

悟が安田家に入ると、留守の間に身支度を整え、ワンピース姿になっていたみどりが大慌てで出てきた。

「ただの捻挫なのに、みんな大袈裟なのよ」

桃子を背負ったまま安田家に上がった悟は、昼間、そうめんを食べた居間に連れていくと、畳の上に下ろしてやる。

みどりは、湿布を持ってきた。

「お医者さんに行かなくていいの？」

「大丈夫だって、ほんと、ただひねっただけなんだから」

「そう、ならよかった。まずは安静にしてなさい」

湿布を張ってやったみどりは、元気のよすぎる妹をたしなめる。

とりあえず、大事はないと悟った悟は、安田家を出る。

「俺はもう一度学校にいって、こいつの自転車と荷物を持ってくる。ないと不便だろ」

「ありがとう。なにからなにまで悪いわね」

みどりに見送られ、悟は歩いて学校に行き、今度は桃子の自転車に乗って帰宅した。

「お疲れ様。暑いなか、いろいろありがとうね。とりあえず、冷えたジュースを用意しておいたから、飲んでいって」

居間に上がると、桃子は畳に横になり、座布団を枕に寝ていた。

「呑気なもんだ」

「疲れていたのね」

みどりから差し出されたオレンジジュースを一気に飲んだ悟は、みどりに抱きついた。その意図を察したみとりは抵抗する。

「ちょ、ちょっとダメよ。桃子がいるでしょ」

逃げようとするみどりの右耳の穴を舐めるようにして、悟は訴える。

「大丈夫、そいつは寝つきがいいから、一度寝るとそう簡単に起きないよ。それより最後に出さなかったから、収まりが悪くて。ね、いいでしょ。気持ちよくみどりお姉ちゃんの中に出して終わりたい。こんな状態じゃ、ぼく今夜、眠れないです」

悟はみどりの左手を取ると、ズボンの上からいきり立つ逸物に触れさせた。

「仕方ないわね。あと一回だけよ」

年下の男に甘えられた女は、なんだかんだいって甘い。

悟は喜び勇んで、ワンピースをたくし上げ、新しく穿いたらしい洗いざらしの下着を降ろす。

あらわとなった女性器には、陰毛がないこともあって、状態が一目でわかる。

「あ、みどりお姉ちゃんのオマ×コ、もう濡れてる。実はみどりお姉ちゃんもやりたかったんじゃないの?」

「だって、さっきいいところで中断したじゃない」

ばつが悪そうに赤面して応じるみどりも、自分と同じ思いだったと知って、悟は歓喜する。

さっそく背後から、逸物を押し込んでやった。

「あん」

一対の鍵穴と鍵のように、男女の生殖器はぴったりと合わさった。

みどりは両手を、黒いテーブルに着き、白い尻を男に差し出す。いわゆる碁盤責めの体位となった。

足を拡げて仁王立ちした悟は、眼下のワンピースの肩紐を外し、あらわとなった白い両の乳房を揉みながら質問する。

「みどりお姉ちゃんは、中出しされたかったの?」

「そ、それは……悟くんのおち×ちん気持ちいいし」

目を泳がせながら答えるみどりの、小粒梅干しのような二つの乳首を、悟はぎゅっと摘まんだ。

「あ、ごまかした。みどりお姉ちゃんは、中出しされるのは好き？　ザーメンを子宮口にビュービュー浴びせられるのは好き？　オマ×コの中をザーメンでいっぱいにするのは好き？」

「も、もちろん、全部大好きよ。悟くんのザーメンまみれにされるの大好き」

少年の硬い逸物で、膣奥をえぐりまわされたお姉さんは、呼吸を荒げながら認めた。

嬉しくなった悟は、腰の動きを激しくしながら懇願する。

「それじゃ、みどりお姉ちゃんはぼく専用のおち×ぽ奴隷だといって」

「あん、わたしは、悟くん専用のおち×ぽ奴隷です。ひぃん、わたしは、悟くんのおち×ぽが大好きで、大好きで、仕方ないの。ああ、悟くんのおち×ちん気持ちいい

――――っ!!!」

「く――――ッ！」

歓喜した悟は、みどりの両乳を握りしめながら、盛大にのけ反った。深く沈んだ亀頭部が、子宮口をグリグリと押す。ザラザラヌルヌルの膣壁が、肉棒をキュンキュンと締めてくる。

「ぼくも、みどりお姉ちゃんのオマ×コ大好き──っ！」

亀頭部を子宮口にぐいっと押しつけた状態で、射精してやった。

「あっ、あっ、あああ──っ」

テーブルに両手をついて背筋を逸らしたみどりは、大きく開いた口の端から涎を垂らし、まさに逸物に負けた牝犬の表情で悶絶する。

ビクン！　ビクン！　ビクン！

男と女の絶頂が見事にシンクロした。そのあまりの気持ちよさに、悟もみどりも、近くに桃子がいることを忘れてしまう。

(気持ちいい。やっぱりみどりお姉ちゃんのオマ×コ最高!!)

心ゆくまで射精した悟は、テーブルに潰れたみどりの上体をひねらせて唇を奪った。

最後の一滴までみどりの体内に注ぎ込んだ悟は、みどりの膣孔から小さくなった逸物を抜き、身支度を整える。

テーブルに上体を預けて惚けているみどりの様子を確認したあと、畳の上で仰向けになっている桃子の顔を見る。目が閉じており、まだ呑気に寝ているようだ。

(ふん、セックスの気持ちよさも知らないなんて。ほんとお子様だな)

間違いなく処女である幼馴染みに、妙な優越感を覚えながら悟は帰り支度を整える。

そして、テーブルにつっぷし、突き出された白いお尻。その毛のない肉裂から、白濁液を垂れ流しているお姉さんに声をかける。

「それじゃ、みどりお姉ちゃん、また明日やろうね」

こうして、大満足の悟は、意気揚々と帰宅した。

あとに残ったみどりは大きく溜め息をつく。

「はぁ～……。若い男と付き合うと大変だって聞いてはいたけど……本当に大変」

愚痴をいいながらも、幸せそうな余韻に浸っている姉を、いつの間にか目を開いた桃子はじっと見ている。

白いスコートの中の黄色いアンスコのまたぐり部分は失禁してしまったかのように、ぐっちょり濡れていた。

第四章　夜這いのアクシデント

「あは、悟くんに、たっぷり中出しされちゃったあとにしゃぶるおち×ちんって最高ね。女の幸せってやつを感じちゃう」

安田家の長女みどりの私室にある、木製のベッドの上での出来事である。

悟と一戦を交えて、たっぷりと膣内射精されたみどりは、素っ裸のまま仰向けになり、上体を起こして足を開いた悟の股の間に頭を入れて寛いでいた。

細く長い白い脚を蟹股開きにして、陰毛の無い女性器からトプトプと白濁液を溢れさせながら、右手で捕まえた肉棒の先端を口に含み、チューチューと尿道内に残った残滓を吸っている。

（みどりお姉ちゃんって、ふだんは清楚なのに、ぼくと二人っきりのときはすげぇ淫乱だよな）

みんなが清楚だと思い込んでいる女性の、淫らな正体を自分だけが知っているのだ。男としては、優越感を覚えずにはいられない。

やがて満足したらしいみどりは、亀頭部から口を離すと、尿道口に人差し指を添えて、軽くこね回してきた。

「こんなに大きくなったら、またできちゃうわね。またすぐにするの？」

それは質問ではなく、催促というものだ。

「もちろん」

即座に応じた悟は、立ち上がった。

そして、みどりを思いっきり楽しませてやろうと、わざと卑猥なポーズを取らせる。すなわち、大股開きでまんぐり返しにしてやったのだ。その姿勢で、みどりに尻を見せながら上から逸物を叩き込む。

「どう、みどりお姉ちゃん、この体位は？」

「ああん、悟くんのぶっといおち×ちんがわたしのオマ×コに入ってズブズブしているのが丸見え、こんなのいやらしすぎるわ」

「いやらしいのはみどりお姉ちゃんのオマ×コだから」

みどりを楽しませようと、悟は肉棒を力いっぱい上下させる。

すでに中に満載に詰まっていた精液が、逸物が入るたびに噴き出し、抜けるたびに掻き出された。飛沫となって飛んだ白濁液が、みどりの顔に降り注ぐ。

「は、恥ずかしい。こんなの見てたら、わたし、まるで淫乱みたい」

「あれ、いまさらなにいっているの？　みどりお姉ちゃんは淫乱でしょ。ぼく専用のセックス大好き美人だ」

大好きな隣のお姉さんを嘲弄しながら、悟は思いっきり豪快に腰を振るった。そして、またもたっぷりと中に出してやる。

ドクン！　ドクン！　ドクン！

「ああ、また出された。いっぱいオマ×コの中に出されちゃった。ああ、オマ×コ、悟くんのザーメンで破裂しちゃう。ああ、気持ちいい、イッちゃう！　イッちゃうの〜〜〜!!」

悶絶するみどりの体内に、悟は思う存分に放出した。

事が終わると、夏の暑さと激しい運動で汗だくになった二人は抱き合って余韻に浸る。

「はぁ、はぁ、はぁ……わたしの体、悟くんとエッチするようになって、自分でも驚くほど感じるようになっちゃった。こういうのを調教されたっていうのかしら？」

「そういえば、みどりお姉ちゃんのクリトリスって、初めて見たときよりもだいぶ大きくなったよね。包茎でもなくなって、すっごく敏感になった」

「悟くんが弄り倒したからよ。毎日毎日、擦り切れそうなほどに舐めしゃぶられたら、腫れちゃうわよ」

不満顔のみどりの耳元で、悟は囁く。

「ぼく、エッチなみどりお姉ちゃん大好きだよ。いや、違ったか、エロエロなみどりお姉ちゃん大好き」

「もう、悟くんがわたしをそういう女に改造したのよ」

みどりの言い分に、悟は嘲笑で応じた。

「あれ、ぼくのせいにしちゃう。いきなりフェラチオしてきたのは、みどりお姉ちゃんのほうだけど？」

「あれは、悟くんがかわいかったのがいけないの。それに悟くんが昔からわたしのことを、好きなのはわかっていたからね」

「そうだね。でも、ぼくの初恋のお姉さんはすっごく清楚な人なんだけど、いまぼくが好きな人は超淫乱。とても同一人物とは思えないなぁ。まぁ、どっちも魅力的だけど」

年下の男にからかわれて、みどりは少しすねた表情をする。

「言ってなさい。あ、そういえば、明日はダメよ」

「え、なんで？」

「ちょっとした女子会があってね。たぶん、静香の家に泊まることになると思うわ」

静香とは同じ町内会のお姉さんで、みどりの同級生だ。地元の企業に就職した。

「そうなんだ。それじゃ、エッチのやり溜めをしておかないと」

「ちょ、ちょっと、今日はもう十分すぎるほどにやっているでしょ。これ以上、やられたら、あん、オマ×コ擦り切れちゃうわよ」

「ヤダ、明日のぶんもいまやる」

逃げようとするみどりを押さえつけ、悟はさらに抜かず三発をしてしまう。結果、みどりは完全に腰が抜けて、失禁してしまった。

＊

「……みどりお姉ちゃん。……あれ、寝ている？」

翌日の夜。悟はそっと安田家に忍び込んだ。

みどりから、友だちとの女子会が思いのほか早く終わったから、遊びに来ないか、とメールをもらったのだ。

みどりの両親は、父親の実家に挨拶に行き泊まってくるから、夜もいっしょに過ごせる、とのことである。

（今日は昼間できなかったからって、夜に誘ってくるなんてみどりお姉ちゃん、ほんとエッチだな。やっぱりみどりお姉ちゃんも昼間できなくて欲求不満だったのかな。よ～し、がんばるぞ。今夜はみどりお姉ちゃんのオマ×コに、おち×ちんを入れたまま寝よう）

そう悟は決意を固めている。

安田家の玄関の扉の鍵は開けられていたので問題なく潜入できた。そこから階段は抜き差し差し足で上がる。

安田家の御両親は不在とはいえ、別室に妹の桃子はいるはずだ。あの口喧しい幼馴染みに見つかると厄介なことになる。

（みどりお姉ちゃん、ぼくたちの関係をなぜか桃子に隠したがるんだよなぁ）

なんとか問題なくみどりの私室の前にたどり着き、そっと扉を開けて忍び込む。

しかし、待っているうちにみどりのほうは寝てしまったらしい。やはり、久しぶりに会った友だちとわいわい騒いで疲れたのだろうか。

みどりは左肩を下にして、部屋の入口には背を向けて寝ていた。

とはいえ、このまま帰るという選択肢は悟にはなかった。暗がりの中を寝台に近づく。

「みどりお姉ちゃん、みどりお姉ちゃん」

布団の上から、みどりの肩に手を置き、軽くゆすったが起きる気配がない。

「……」

どうしたものかと少し思案してから、そっと夏用の薄い掛布団をめくる。

白い浴衣に包まれた背中が見えた。寝間着として着用しているようだ。昼間よく着ている浴衣とは違う。おそらく寝巻用の浴衣だ。

（みどりお姉ちゃん、ぼくのことを完全に浴衣フェチだと思っているよなぁ）

嫌いではないことはたしかだが、それほど強い思い入れはなかったので、少し複雑な心境だ。

（でもまぁ、せっかくサービスしてくれているんだし、素直に喜んでおくべきだよなぁ。それにやっぱり、浴衣って風情（ふぜい）というか、情緒があっていい）

そんなことを考えながら悟は、寝台の横で服を脱ぎ棄てる。

素っ裸になってから布団に潜り込み、みどりの背中から添い寝した。そして、右手をみどりの右腕の上から回しながら、頭髪に頭を突っ込む。

(あぁ～みどりお姉ちゃんの匂い。……あれ、なんか違う?)

シャンプーの匂いは同じなのだが、微妙な違和感を覚えた。

(まぁ、いいか、それよりも、おっぱいおっぱい)

些細な問題は無視して、悟の右の手のひらは、ごく自然と浴衣の胸元から入り、上にあった乳房を捉えた。

「ひぃ」

小さな悲鳴があがり、みどりの背中がビクンと跳ねた。

(なんだみどりお姉ちゃん、起きてるじゃん。なんで寝たふりしているんだろう? あ、こういうのを夜這いプレイッていうんだけっか? どこかで聞いたことろがある)

みどりが新しい遊びを提供してくれたことに感謝しながら、まずは手にした乳房をゆっくりと弄ぶ。

(あ～この手にしっとりと吸い付く感覚……ん? みどりお姉ちゃん、こんなにおっぱい大きかったっけか?)

違和感を覚えながらも、乳房全体を大きく揉み解す。

気のせいか、いつもより弾力がある気がする。しかし、瑣事は気にせずに瑞々しい乳房を弄ぶ。ほどなくして手のひらに乳首が硬く突起してきたことを察して、軽く摘まむ。

「くっ」

みどりの口からうめき声が漏れた。

（みどりお姉ちゃん、いつまで寝たふりを続けるつもりかな？　こういうのもじらしプレイというやつなのかな。どうせすぐに我慢できなくなって、いつものようにいい声で鳴いてくれるんだろうけど）

緊張に強張っているみどりの浴衣に包まれた臀部に、悟はいきり立った男根を押しつける。尻の谷間に逸物が挟まったかたちだ。

男根の存在を誇示しつつ上体を伸び起こした悟は、頭髪に顔を突っ込み、上になっていたみどりの右の耳に接吻。そして、耳の穴を膣孔に見立てて、舌を這わせてやる。

ペロリ……ペロリ……ペロリ……。

「く、くくく……」

みどりは必死にうめき声を我慢している。

（あはは、感じている、感じている。みどりお姉ちゃんの性感帯は全部把握しているからね）

悟はみどりを感じさせるための研究に余念がない。その柔肌に、悟の視線と指先と精液がかかっていない箇所は一つとして残っていないのだ。

身もだえるみどりを押さえつつ、右手で握った乳房を揉む。

（しかし、なんだろう？　みどりお姉ちゃんのおっぱい。いつもより確実に大きいな。女の人って寝ているとおっぱいが大きくなるのかな？）

女という生き物は、男にとって永遠の謎である。新たな発見に胸をときめかせながら、いつもと違う乳房の感触に酔いしれた。

「あ……ああ……ああ……」

尻に男根の存在を意識し、右耳を舐められ、右の乳房を揉まれたみどりは、寝たふりをしながらも喘ぎ声を我慢できなくなってしまっている。

（乳首コリッコリ……みどりお姉ちゃんの乳首、いつもより倍は大きくなっている。こういうシチュエーションに興奮するの？）

女が興奮していると思えば、男も高まろうというものだ。

辛抱たまらくなった悟は、布団の中に頭を入れて、みどりを仰向けにした。そして、頭から掛布団をかぶったまま、浴衣の胸元を開く。

暗くて見えなくとも、そこになにがあるかはわかっているのだ。

悟は両の手に、それぞれの乳房を握りしめる。

（みどりお姉ちゃんのおっぱい、今夜は夏ミカンみたいにおっきい）

いつもよりも一回り大きな乳房に興奮した悟は、夢中になって揉みしだきながら、左右の乳首を交互に舐めしゃぶる。

（今夜のみどりお姉ちゃんのおっぱいほんとでかい。まるでミルクタンク。母乳がでないのが不思議なくらいだ。やっぱり昼間やらなかったから、欲求不満だったのだろうな）

自分の女が欲求不満だなんて、男として恥じるべき事態に感じて、悟はビンビンに尖った乳首を舌先で転がす。

レロレロレロレロ……。

「ああ、ダメ、ちょっとやめて……」

もはや寝ている演技ができなくなったみどりは、制止の声をあげるが、いまさら悟は止まらない。

いつもよりさらに大きく膨らんだ乳首はまるで、美味しく実った葡萄のようだ。

その男にとっては甘い果実を、悟は執拗に吸う。

「ひぃ、そ、そんなにしゃぶられたら……ああ、おっぱい、ああ、そんな、吸われたら、力が……ああ」

勃起した乳首を執拗に舐めしゃぶられて、みどりは抵抗できなくなる。

(あはは、みどりお姉ちゃんの体はほんとにエッチだからな。まずはおっぱいだけでイッてもらおう)

悟は左の乳首を口に吸い、右の乳首を指で摘まんで激しくしごいた。

「あぁぁぁ!!!」

暗がりの中、断末魔が聞こえてきた。

みどりの体が激しく強張り、力が抜ける。

どうやら、乳首責めだけでみどりを絶頂させることに成功したと見て取った悟は、満足して乳首から口と指を離した。

帯をほどき、浴衣の前を開かせると、引き締まってすべすべの腹部に頬擦りをしながら降りて、臍を通って下腹部へ。太腿を左右に開いて、股間に顔を突っ込む。

「ダメ！　そこはダメ！」

「うぷっ」

制止の声を振りきって、愛する女性の股間に顔を突っ込んだ悟は、思いもかけない臭気に鼻を打たれた。

(んっ⁉)

みどりの股間とは思えない匂いである。そして、顔に感じる、ふさふさチクチクという感触。

(これは……毛っ⁉)

みどりはパイパン女である。東京で彼氏ができないように、悟が丁寧に剃毛してしまった。

それからまだ数日しかたっていないのに、現在、悟の顔にはふっさふさの繊毛を感じる。

そして、嗅ぎなれたみどりの女性器とはまったく違う、濃厚な動物的な匂い。

(別人だよな、これは)

これが意味することは……。

見知らぬ女性器に顔を突っ込みながら、悟の全身からダラダラと汗が流れる。

(まさか、安田のオバサンということはないよな?)

みどりや桃子の母親の顔を思い出して、悟は硬直してしまう。

それはそれで絶望だが、もうひとつの可能性を考えたくなかった。
愛撫が止まったことで女は自由を取り戻したのだろう。バサリと頭からかぶってい
たタオルケットを剝かれた。
「あんた、いい加減にしなさいよね」
怒声とともに、部屋の電気が点く。
謎の女が、サイドテーブルにあったLEDのリモコンを使い、室内灯を点けたのだ。
女性の股間に顔を突っ込んだまま悟が視線だけを上げると、大きな双丘の向こう側
に、丸い顔。大きな目、低い鼻、厚ぼったい唇。狸を思わせる健康的な顔があった。
（……桃子だよな。やっぱり）
見間違えようのない顔がそこにあった。
いつもはショートポニーテールにしている黒髪が下ろされている。そのため背後か
ら抱きしめても、桃子と気づかなかったのだ。といっても言い訳にはならないだろう。
「……」
怯えた悟の目と、怒りに吊り上げた桃子の目が、しばし正対した。
「えーと、これは、その……」
なんと言い訳していいかわからなかった悟は、桃子の顔と、鼻につく匂いの素を交

互に観察する。

(なんか臭うと思ったら、これ処女臭ってやつか。みどりお姉ちゃんのオマ×コも最初はこういう匂いがしたのかもしれないけど、すっかり忘れていたな)

黒々とした陰毛がふさふさと逆立っていた。

繁茂面積は大きくなく、楕円形に茂っている。本数は多くないようだが、一本一本は太く長い。

その奥に肉裂があって、蜜が溢れている。

「すー……」

悟は鼻から思いっきり息を吸ってみた。湿度の高い温かい空気が肺に満ちる。

(改めて嗅ぐと妙に甘く感じるな。これが桃子のオマ×コの臭いか。なんというか濃縮って感じがするぜ。これぞ牝の臭いだよな)

肉裂から溢れる蜜が、異様なほどに甘そうに感じた。

悟はほとんど無意識に両の親指を伸ばすと、肉裂の左右に添えて、くぱぁと開いた。

濡れ輝く新鮮なトロのような赤い媚肉が、男の視界を灼く。

「きャッ!?」

悲鳴をあげた桃子は逃げようとしたが、悟は許さなかった。

臭覚と視覚で、牝を感じた悟の脳裏で、なにかが音を立てて熱く焼き切れた気がする。

本能の赴くままに目の前の美肉にしゃぶりついた。

「あ、ちょっと、あんたなにしているのよ？　そ、そこ汚いわよ！　や、やめなさい。やめて――ッ！」

慌てた桃子は両腕を伸ばして、必死に悟の頭を摑み、引き剝がそうとしたが、悟はスッポンのように離れない。

女の肉舟の中の赤い媚肉をペロリペロリと舐め回しただけではなく、コンコンと湧き出る蜜を啜った。

ジュルジュルジュル……。

「やめて、なに飲んでいるのよ！　ダメよ、そんな音たてて、お願い、やめて、恥ずかしいから！」

顔を真っ赤にした桃子の抗議など、悟の耳には入らない。

（これが桃子のオマ×コ、桃子のマン汁か……美味い。美味すぎる）

味覚とかそういう次元ではなく、本能が求めているというのだろうか。砂漠で水を見つけたときのように、悟は禁断の泉を貪った。

樹液に群がるカブトムシの気分が理解できた気がする。

「離れろ！　離れてよ！　この変態！　スケベ！　ドスケベ！」

桃子が暴れるので、悟は股間に顔を突っ込んで、むしゃぶりつきながら、両手を挙げて桃子の双乳を摑んだ。そして、乳首を摘まむ。

「ああ、バカ、ああ、ああ、らめ、やめて、こんなの……ダメだって、イヤ、ああ」

左右の乳首と股間の三点責めに桃子は、否応なく感じだしたようだ。抵抗が薄らいでいく。

悟は、両手で力いっぱい乳房を揉みながら、夢中になって女肉を貪り、幼馴染みの蜜を夢中になって飲んだ。

さらには蜜の源泉を求めて、膣孔に舌をブチ入れて掻き混ぜる。

クチュクチュクチュクチュクチュ……。

卑猥な水音が、六畳の室内に響き渡る。

「ちょ、ちょっと、どこに舌を入れているのよ。そんな奥まで、ああ、ダメぇぇぇ」

慌てた桃子は顔を真っ赤にして抗議しているが、悟は自分の暴走を止められなかった。

舌先にたしかに処女膜の存在を感じる。そして、唐突に思った。

（これは俺のものだ。だれにもやらん）

強烈な占有欲に支配された悟は、膣孔を拡げるように舌を回し、舌先で処女膜をほじり回した。

「ああぁ、悟が、悟の舌が、あたしの中を全部舐めてる。舐められちゃっている」

乙女の最深部を舐め穿られた桃子は、両手で悟の頭を摑んで狂乱する。

しかし、悟は決して逃がさない。執拗に乙女の花園を舐め荒らした。

「悟のバカ……ああ、エッチ……ひぃ、スケベ……あぁん、変態……ど変態」

桃子の涙ながらの罵声を聞きながら悟は、心ゆくまで、幼馴染みの処女膜を舐め、その蜜の源泉を啜り飲んだ。

悪態をつく口とは違って、体のほうは感じてしまっているのだろう。桃子の抵抗はなくなり、寝台に仰向けになって、トロンとした顔で惚けている。

（桃子のやつ、俺にオマ×コ舐められて感じているんだ。へぇ～、気持ちよさそうな顔しやがって。かわいいじゃねぇか）

幼馴染みの少女をもっともっとかわいがってやりたいと思った悟は、鼻先で突起している肉芽に目をがいった。

包皮に包まれた先端から、少しだけ中身が覗いている。

（これが桃子のクリトリスか。みどりお姉ちゃんより少し大ぶりかな？）

クリトリスは女の急所である。そのことはみどりの体で十分に学習している。

（さて、クリトリスを舐めてやったら、桃子はどうなるかな？）

幼馴染みの少女を思いっきり感じさせてやりたりたくなって、悟は舌を伸ばした。

ペロペロと舌先でころがし回す。

「そ、そこ、ダメぇぇぇぇ」

乙女の最敏感な器官を舐めしゃぶられて、桃子は足を蟹股に開いたまま腰を上げ、背中を太鼓橋のように反らした。

（まだまだ）

悟は包皮を剝き下ろして、中身を直接、舌に載せる。

そして、舌先で左右に転がしてやる。

（これをやると、あのみどりお姉ちゃんでさえ、正体を失くして、あっという間にイッてしまうんだけど、果たして桃子はどうかな？）

悟はさながら舌にのせた飴玉を舐め溶かそうとすかのように、高速で動かした。

「ひぃぃぃぃぃぃぃぃ!!!」

両手を赤ん坊のように握りしめた桃子は、顔を真っ赤にして口角から涎を噴きながら悲鳴をあげた。

桃子が感じている。いや、絶頂しようとしていると察した悟は、さらに剝き出しのクリトリスを舐め回す。

「いや、そこ、弄らないで。お願い、痺れる、痺れるの、悟のバカぁぁぁ!!!」

ビクンッ、ビクンッ、ビクンッ……。

下腹部を中心に、激しく体を脈打たせた桃子は、ついでガクンと腰を落とした。

(完全にイッたな)

そう見て取った悟は、ようやく満足して桃子の女性器から顔を上げた。そして、口元を右手の甲で拭いながら眼下の光景を見下ろす。

「はぁ……はぁ……はぁ……」

浴衣の前を開き、裸体をさらしている桃子は、虚ろな表情で大股開きになり、大きな胸を激しく上下させながら荒い呼吸をしている。

(へぇ〜、桃子ってイクとこんな感じになるんだ)

生まれたときから毎日見飽きた顔である。しかし、初めて見る表情だった。

みどりほど美人ではないし、色気もない。肌は日焼けしているし、手足は筋肉質だ。胸は大きくて、腹部は引き締まり、臀部は左右に張っている。骨が太く、肉づきがいい。栄養が行き渡った、適度な運動をしていることがわかる健康優良児だ。田舎臭い女である。まさに田舎の女子高生そのものだ。

しかし、悟の胸中で初めての感情が湧き起こった。

(こいつ、意外といい体しているというか……。スタイルはかなりいいよな。巨乳だし、腹部は引き締まって、臀部は張っている。こう全体的に凹凸があって、まさにメリハリボディだよな。顔も悪くはない。いや、よくみるとかわいい。黙っていれば美人だ。厚ぼったい唇が色っぽい。いやいやいや、滅茶苦茶いい女だ。ヤベェ、我慢できねぇ。ち×ぽぶち込んで、思いっきり突き回したい)

「もう、いきなりなんなのよ」

じっと見つめられた桃子は、居心地が悪そうに赤面し、涙目で睨んでくる。

「あのさ、桃子……」

軽く頬を掻いた悟は言いづらい台詞を口走る。

「その……とりあえず、一発やらねぇ?」

その直截すぎる要望に、桃子は目を剝いた。

「はぁ? ちょ、ちょっといきなり、なに寝言いっているよ! 第一、あんた、あたしに女として興味ないとかいつも言っていたでしょ!」

「いや、その……なんだ。いままでのことは謝る。おまえ、以前、言っていたよな。あたしは脱いだらすごいって。そのとおりだ。認める。おまえ脱いだらすごいわ。滅茶苦茶やりたくなった。頼む、一発やらせてくれ」

「ダ、ダメに決まっているでしょ。そんな理由でやらせる女なんて絶対にいないから、離れなさいよ」

桃子は両手を、悟の胸板において、押しのけようとする。

しかし、いくら女にしては力があるといっても、所詮は女。悟を押しのけることはできなかった。

「頼む。もう辛抱たまらないんだ。おまえセックスの経験ないんだろ。すげぇ気持ちいいんだぜ。俺が気持ちよくしてやるから、な」

「イ・ヤ・だ」

裸の悟と桃子は、寝台の上でしばし押し問答をする。

いきり立つ悟の逸物は、開いた桃子の股の間のすぐ近くにある。女の抵抗など力づくで押しのけて、強引に入れることはできるだろうが、それは悟の男としての矜持(きょうじ)が許さなかった。

なんとか桃子の了承が欲しい。

「俺とおまえの仲だろ。セックスぐらいさせろよ」

「あたしとあんたがどういう仲だっていうのよ」

桃子の質問に、悟はしばし考えてから答える。

「その……幼馴染みだろ」

「幼馴染みだとなんでセックスさせてあげなくちゃならないのよ」

「それりゃそうか……」

説得する材料がなくなって、悟は妥協することにした。

「それなら、せめておっぱいに挟ませてくれ。それくらいならいいだろ？」

「はぁ？　どういう理屈よ、それ」

頬を膨らませる桃子に、悟は必死に言い募る。

「この間、おまえが部活で足を挫いたとき、俺はわざわざ学校に行って、お前を連れて帰ったあげくに、自転車がないと不便だろうと往復してやったんだぜ。それのお礼ということで、おっぱいにおち×ちんを挟ませろよ、な」

「う～、それくらいなら、まぁ、いいわよ」

恩義があるという自覚は桃子にもあったようで、しぶしぶ頷いた。

「よし」

歓喜した悟は、桃子を仰向けに寝かすと、その胴をまたいだ。そして、胸の谷間に逸物を下ろそうとして、思い直し、桃子の鼻先に逸物を差し出す。

「桃子、まずはおち×ちんをしゃぶってくれ」

「な、なんでよ⁉ あんたがどうしても、わたしのおっぱいにおち×ちんを挟みたいっていうから、許可しただけよ。なんで、あんたの汚いおち×ちんをしゃぶらなくちゃいけないのよ」

逸物の切っ先から逃れるように反り返りつつ、桃子は叫ぶ。

「いや、このままおまえのおっぱいの間におち×ちんを入れても、濡れてないと滑りがよくないと思うんだ。おまえのおっぱいを思いっきり楽しむために、おまえの唾液で濡らしてほしいんだよ。なぁ、頼む」

「ヤダ、それってあんたがおしっこするところでしょ、そんな汚いもの触りたくない」

逸物に視線を向けた桃子は、寄り目になりながら断固として拒否する。悟は首を横に振った。

「いやいや、大丈夫だって、俺もおまえのオマ×コ舐めてやったろ。汚くねぇって」

「だれも頼んでないわよ。ひとのオマ×コを勝手に舐めて」

頬を膨らませる桃子を、悟は必死に説得する。

「大丈夫だって、大人はみんなやっていることだから。ほら、触ってみろって」

「もう、なんであたしがそんなことまでしなくちゃいけないのよ」

ぶつくさ文句をいいながらも、毒を食らわば皿までという心境なのだろう。桃子はしぶしぶ悟の逸物を両手に取る。

幼馴染みの温かい手で、肉棒を握られただけで悟は恍惚となった。

しかし、桃子は手に取った逸物を矯めつ眇めつ見ながら、嫌そうに顔をしかめる。

「うわ、気持ち悪い。なにこれ？　蛇の頭みたい。あたし蛇って嫌いなのよ。生理的に受け付けないわ」

「そういわずに頼む。おまえにおち×ちんを舐めてもらいたいんだ。ほら、そこをペロペロ舐めてくれ」

「わかったわよ、もう……。舐めればいいんでしょ、舐めれば」

不満顔の桃子は両手に持った逸物の先端に向かって、恐るおそる舌を伸ばした。

ペロリ……。

亀頭部の裏の襞を一舐めされた。

「おお」

思わず歓喜の声を出してしまった悟を、桃子は軽蔑した目で見上げてくる。

「なに、あんた、ここ舐められると、そんなに気持ちいいの？」

「ああ、すっごく気持ちいい」

「ふ〜ん」

仕方ないわね、といった顔の桃子は、軽蔑した視線のまま再び舌を伸ばし、肉棒の裏筋を舐めてきた。

（うわ、桃子が俺のおち×ちんを舐めているよ）

妙な感慨が胸の奥からふつふつと湧いてきて、胸の奥から温かく、幸せな気分になる。

桃子は嫌そうにしながらも、一生懸命に逸物を舐めてくれた。

「ねぇ、この下のほうにある皺々の袋も舐めるの？」

「ああ、頼む。中の玉も舐めてくれ」

悟の指示どおりに、桃子は肉袋に舌を伸ばしてきた。

ペロリペロリ……。

睾丸が桃子の濡れた舌で舐められる。

（やべぇ、桃子がすげぇかわいい。こいつこんなにかわいかったか）

その舌技は、はっきりいって下手糞だ。みどりのほうが何十倍も上手い。しかし、テクニックを上回る愛情のようなものを感じる。

桃子に舐められた睾丸が歓喜に躍って、白濁液を噴き出して、肉棒を駆け上がってきたようだ。

（うっ、我慢。我慢だ。まだ出すわけにはいかない）

悟は気合いで射精欲求に耐えた。

このまま射精して、桃子の顔面にぶっかけるのは至福だろう。しかし、それではもったいない。

当初の予定どおり、桃子の乳房の谷間に逸物を入れて楽しみたかった。

「もう……いい」

我慢の限界を感じた悟は、桃子の逸物を引き剝がすと、その顔を見ながら引き締まった腹部に跨る。そして、いきり立つ逸物を、大きな双丘の谷間に入れた。

「桃子、左右からおっぱいで挟んでくれ」

「こ、こう？」

仰向けの桃子は戸惑った顔をしながらも、素直に自らの肉感的な乳房を左右から押してきた。

狭間に肉棒が包まれる。

（おお、この感触……）

みどりにもパイズリをやってもらったことがあるが、それとはまったく別の体感である。

みどりの肌は白絹のようでさらさらしていた。乳房の大きさは平均的で、柔らかい。まさに美乳だった。

それに対して、桃子の乳房はつややかであり、弾力がある。まさに肉だ。

（なんて肉々しいおっぱいなんだ。こいつのおっぱい。すげぇ美味そう）

焼肉にでもしたら、がっつり食べ応えがありそうである。見ていると涎が出てきそうだ。

（この圧倒的な弾力、た、たまらん）

膝立ちの悟の腰はごく自然と前後に動いた。弾力感のある肉の谷間を、行き来する。

「うわ……」

桃子は自らの胸の谷間で暴れる男根を、困惑顔で見ている。

「あんた、こんなことして楽しいの？」

「ああ、すげぇ楽しい。おまえのおっぱいってさ。実は日本一、いや世界一だったんじゃねぇ」

「え、あんたいきなりなに言っているの？　頭大丈夫？」

悟の賞賛に呆れた顔をしながらも、桃子は少しうれしそうだ。

機嫌がよくなった桃子は、乳房を左右から一生懸命に押して、肉棒をしごくサービスをしてくれた。

「男ってさ。大きなおっぱいが好きだっていうけど、これをやりたいから、大きいのが好きだったわけ？」

「それも、あるだろう、な。そろそろ出すぞ」

「え、なに？」

桃子がきょとんとした顔で質問してきた次の瞬間、巨乳に包まれていた逸物は爆発した。

ドビュッ！　ドビュッ！　ドビュッ！

亀頭部の先端から噴き出した白濁液が、桃子の健康的に日焼けした顔を白く染めていく。

「キャッ！　ちょ、ちょっとなんなのよ。クサッ！　生臭ッ！　もうひとの顔になにかけてくれてんのよ」

顔面射精をされてしまった桃子は抗議の声をあげる。

一方で、それを見下ろす悟の胸は高まった。

(やべぇ、やっぱりメッチャかわいい)

自分の精液をぶっかけられた女の顔というのは、男の所有欲を否応なく刺激する。射精したばかりの逸物が、まったく小さくならない。

「なぁ、桃子、俺、やっぱりおまえとやりたいんだけど」

「ダメ、絶対にダメ。なにがあってもダメ、死んでもダメ、地球が滅んでもダメ」

桃子の口調にいっさいの妥協はなさそうだ。悟は溜め息をつく。

「まったくわがままなやつだな」

「わがままはどっちよ！　ひとの顔にこんな臭いものいっぱいかけて」

桃子は、傍らにあったティッシュの箱から、数枚を抜き取ると一生懸命に、自らの顔を拭っている。

(まぁ、こいつにザーメンを飲めとか、舐めろというのは酷だよな)

みどりに比べると圧倒的に純情な娘だ。

飲んでもらえないのは残念だが、もし桃子が嬉々として飲んだら、それはそれで引いたかもしれない。

悟もまたティッシュを取ると、桃子の顔や胸元にかかったザーメンを拭ってやる。

「あ、ありがとう……」

「どういたしましてって俺がやったことだけどな」

悟に顔を拭われながら、桃子は難しい顔で質問してきた。

「これってやっぱり、悟のザーメンってやつ？」

「ああ、そうだよ」

「ふ、ふ〜ん、いつもあたしのこと色気がないとか馬鹿にしているくせに、ずいぶんとたくさん出したわね」

桃子の皮肉に、その顔にかかったザーメンを綺麗にふき取った悟は、肩を竦める。

「だから悪かったって。おまえは改めて見ると、意外、いや、かなり男好きする体をしている。おまえの裸を見たら、やりたくない男はいないって」

「……悟のエッチ」

目を逆Uの字にして笑った桃子の表情がかわいくて、悟は胸をズキュンと撃ち抜かれた気がした。

そこで頬を掻きながら、改めて提案してみる。

「俺、やっぱりどうしてもおまえとやりてぇ。パイズリで一発抜いたぐらいではち×

ぽが収まらねぇ」

「うわ……」

悟が逸物を誇示すると、桃子は引いた表情になる。

「オマ×コに入れるのがダメだというなら、今度は素股でやらせてくれねぇ？」

「素股？……なにそれ？」

本当に知識がなかったようで、桃子はきょとんとしている。

「いや、だから、俺のおち×ちんと、おまえのオマ×コの表面を擦るだけ。それならセックスじゃねぇし、子供ができる心配もない。なら、いいだろ。一生のお願い。あとは素股だけでいい。頼む、やらせてくれ」

「なんかわかんないけど、セックスじゃないなら……まぁ、いいわよ」

拝み倒された桃子は、戸惑いながらも妥協してしまった。当然ながら、悟は歓喜する。

「よし、なら四つん這いになって尻を突き出してくれ」

「こ、こう？」

桃子は悟の指示どおりに四つん這いになると、両肘をつき、頭をさげて、プルリンと引き締まった桃尻だけを高く掲げて差し出してきた。

悟は浴衣の裾をたくし上げる。

たちまち眼下にプリンとした生尻があらわとなった。深い肉の谷間に、窄まった尻の穴を見ることもできた。

「こ、この格好、恥ずかしいんだけど……」

「俺とおまえの仲でいまさら恥ずかしがるなよ。いまさらおまえのどんな格好見たって幻滅とかしないから安心しろ」

舌なめずりしながら応じた悟は、両手を下ろし、左右の肉朶を鷲掴みにした。

(おお、この弾力。桃子は尻もムチムチだな)

毎日のテニス練習で鍛えられた尻である。

(こいつのオマ×コは締まる。絶対に締まる。こんなプリケツ女のオマ×コの膣圧が強くないはずがない)

いきり立つ逸物の切っ先を、肉裂の入口に添えた。

肉裂から溢れた蜜が、桃子の健康的に日焼けしたムチムチの太腿の内側を濡らしている。

(ああ、入れてぇ。このままズボリと桃子のオマ×コに入れてしまうというのも手だよな)

そんな悪魔の囁きを、悟は必死に追い出す。

(桃子は俺の幼馴染みだぞ。下手したら、本当に嫁さんになっちまうかもしれない女だ。そんな相手に非道なことができるか。入れるのはあくまでも桃子が同意したときだ)

そう自らに言い聞かせて、悟はまずいきり立つ逸物を桃子の尻の谷間に挟んだ。

「え、なに?」

「大丈夫、心配するな。俺に任せろ」

桃子の尻圧を楽しみながら逸物を下ろしていき、亀頭部で肉裂をなぞりながらも、太腿と恥丘の狭間に入れた。

女は太腿をぴったりと閉じていても、股間の部分に穴ができるものらしい。

(うわ、この感じ、まるで桃子に入れているみたいだ)

幼馴染みの女の子の括れた腰を両側から握った悟は、逸物を上の恥丘の溝にこすりつけるようにして、ゆっくりと腰を前後させる。

「ちょ、ちょっと、これはず……まるで悟にやられているみたい……」

どうやら、桃子も同じような感覚に襲われているようだ。

(ああ、あの桃子とセックスか。こいついつのまにこんなにエロい体になったんだ。

入れてぇ、こいつのオマ×コにチ×ポ入れてズボズボに突き回してやりてぇ）

疑似セックスに酔いしれた悟は、コリコリとした陰核が、肉棒の上面に当たっているのを感じる。

悟は意識して、そこを刺激するように肉棒を操った。

「あ、あん、そ、そこ、ダメ、あん……」

ふだんの健康的で明るい笑顔からは信じられない、恥じらいを含んだ喘ぎ声が聞こえてくる。

同時に逸物の上辺からは熱い蜜が、たっぷりと浴びせられた。

（うわ、おち×ちんが桃子の愛液まみれだ。桃子のやつ、すげぇ濡れてる。それだけ興奮しているということか？）

気をよくした悟は、質問してみる。

「どうだ？　気持ちいいだろ」

「それは……ちょっと……だけ」

愛液を失禁しているかのように垂れ流れている状況では、気持ちよくないと返事するのも白々しすぎると感じたのか、桃子はしぶしぶ認めた。

クチュクチュクチュクチュ……とわざと音が立つように意識しながら腰を前後に動

かしながら、悟は促す。

「おち×ちんをオマ×コの中に入れたら、もっと気持ちいいぞ」

「絶対に入れたらダメ。入れたら、絶交だから」

「強情なやつ。わかった、入れねぇよ。絶対に入れないから安心しろ」

なかなかやらせてくれない幼馴染みに業を煮やしながらも、悟は素股を楽しんでいた。

「はぁ、あん、ああ、ああ……」

桃子の口元から漏れる熱い喘ぎ声が、悟を昂らせる。

(うわ、桃子のやつ、すげぇ色っぽい声出しやがって、素股でこれってことは、チ×ポ入れられたら、どうなっちまうんだ、こいつ)

ゴクリと生唾を飲む。

(見てみたい。桃子のセックス時の我を忘れた表情を見てみたい)

そんな抑えがたい衝動に囚われた悟は、逸物をそろそろと引くと、亀頭部を肉裂の中に押し入れた。

すかさず異変を察した桃子が叫ぶ。

「入れないって約束でしょ!」

「わかっている。素股だよな、素股。お互いのおち×ちんとオマ×コを擦るだけ。なぞっているだけだって、おち×ちんでおまえのオマ×コを撫でているだけ」

そういいながら悟は、亀頭部で桃子の濡れた肉の花園を丁寧になぞる。男の先走りの液と女の愛液が、混じりあう。

「なぞるだけだからね。入れるのなしだから」

「わかっている。約束だよな。擦るだけ擦るだけ」

「ああん、わかれば、わかっていればいいの、ああ」

粘膜と粘膜が吸いつく感覚に、桃子はトロットロになっている。

（こいつ、感度いいな。すげえ感じているじゃん）

悟は亀頭部で、桃子の肉舟の底をなぞり回していたが、ふいにすぽっと亀頭部が膣孔にハマった。

ビクンッと桃子が反応する。

「は、入っているわよ！」

「入ってない。先っぽがほんのちょっと入っただけだ」

「それ、入っているっていうのよ。抜いて！　あたし、あんたとセックスする気はないんだから」

暴れて逃げようとする桃子の尻を、悟は必死に抑える。

「先っぽだけ。ち×ぽの先っぽがほんのちょっとだけ入っているだけだから心配するなって」

クチュクチュクチュクチュ……。

膣孔に亀頭部だけ、浅く出し入れさせる。

「ああん、先っぽだけだからね。許したのわ。それだけだからね。それ以上入れたら、絶対にダメだからね」

桃子としても気持ちいいのだろう。妥協してきた。

亀頭部の先端に、桃子の処女膜の存在を確かに感じる。

あと一押しすれば、桃子の処女膜は破れるはずだ。

(このオマ×コは俺のものだ。俺以外の男がおち×ちんを入れることは許さない。この膜を破るのは俺だ。桃子のすべては俺のものだ)

身勝手な独占欲がふつふつと沸き起こり、自然と力が入ってしまった。

ブツン!

「ひっ!?」

四つん這いの桃子が引きつった悲鳴をあげる。

膜を突破するとあとは道なりだった。逸物はズブズブと沈んでいき、気づいたとき
には根元までずっぽりと入っていた。
(おお、これが桃子のオマ×コの中、ザラザラでトロトロですげぇ気持ちいい)
感動に震えている悟をよそに、桃子は涙目で後ろを睨んできた。
「い、入れた……。絶対にダメっていったのに。絶対におち×ちん入れないって約束
したのに入れた。悟のウソつき」
「いや、入れるつもりはなかったんだけど、なんというか、その……ヌルって入った。
おまえのオマ×コが俺のおち×ちんを呑み込んだんだって」
「そんな言い訳が通用すると思っているの!」
激怒する桃子の体内に逸物を入れたまま、悟は必死に宥める。
「悪かったよ。でも、おまえのオマ×コがあまりにも気持ちよさそうで我慢できなか
ったんだ。そして、実際にすげぇ気持ちいいぜ、おまえのオマ×コ。予想はしていた
けど、絶品だわ。こうザラザラで絡みついてきて、まさに俺のおち×ちんにぴったり。
さすが俺好み、俺専用のオマ×コだ」
「そんな褒めたって許さないんだからね」
手放しに絶賛されて、悪い気分ではないようだ。桃子は少しうれしそうな顔をした

が、すぐに表情を引き締める。

「だから、悪かったたって、このとおり謝るよ。その代わり、思いっきり気持ちよくしてやるから」

「そんなんで許すはずないでしょ。人の初めて勝手に奪って」

「ならどうしたら、許してくれる？　おまえが許してくれるならなんでもするぞ」

逸物は完全に、桃子の体内に入っている。いまさら処女に戻せと言われてもできない相談だ。

涙目で後ろをちらっとみた桃子はしぶしぶ口を開いた。

「……明日のみなと祭りにいっしょにいって、あたしの買いたいってものを全部買ってくれたら考えてもいい」

「わかった。なんでも買ってやる。おまえのオマ×コにはそれだけの価値があるからな。最高に気持ちいい」

目尻に大粒の涙をためながらも、桃子はニッコリと笑った。

「もう調子いいんだから。なら、許してあげてもいいかな。その代わり、いっぱい気持ちよくしてよね」

「わかった。任せろ」

力強く請け負った悟は、むっちりとした尻を摑み、慎重に腰を引いた。ズブズブと肉棒が抜け出す。

「ああ……」

「痛いか？」

桃子の情けない声を聴いて、悟は慌てて腰を止める。

「滅茶苦茶痛い。悟、またウソついたんだね。気持ちよくしてくれるって言ったのに……」

「いや、その……女は初めてのとき痛いらしいんだ。おまえも聞いたことぐらいあるだろ」

「ま、まぁ……。でも、あたしは痛みに耐えているのに、悟がすっごく気持ちよさそうなのが腹立つ」

顔を真っ赤にして睨んでくる桃子の主張に、悟は神妙に頷く。

「そうだな。いや、でも、女は数をこなすほど気持ちよくなるみたいだから、今日のところは我慢してくれ」

「今日のところって……あんた、もしかして、明日以降もやるつもり？」

「ああ、桃子は俺の女だからな。俺がち×ぽを入れないでだれが入れるんだよ」

悟の躊躇いのない宣言に、四つん這いで肩を震わせていた桃子は頓狂な声をあげる。

「はぁ？　なに勝手におち×ちんを入れたあげくに、ひとのことを自分の女呼ばわりしているのよ」

「だって、俺以外の男が、おまえのこのオマ×コにち×ちん入れようとしたら、そいつ、俺がぶっ殺すし。な、俺のこのおち×ちんだけで我慢しておけ」

「我がままなやつ。……でもまぁ、悟が気持ちよくしてくれるなら、別にほかの男になんか興味ないけど……」

「よし、決まりだな。桃子のオマ×コは、俺専用オマ×コだ」

悟は、はじめての桃子に、思いっきり腰を使って抽送運動をしても痛がるだけだと察したすなわち、桃子を背後から抱きしめて上体を上げさせると、自分は胡坐をかいた。

その体勢で、背面の座位となったのだ。腋の下から回した両手で乳房を揉んでやる。

「あぁん」

「これなら気持ちいいだろ」

「……うん」

桃子は言葉少なく頷いた。

破瓜の痛みが続いていても、乳房を揉まれるのは気持ちいいのだろう。

（こいつのおっぱいって、大きいだけじゃなくて、敏感だよな）

大きな乳房は感度が悪いという俗説を聞いたことがあるが、どうやらウソだということを実感させてくれる。

悟は両手の指で乳首を摘まむと、シコシコとしごきながら、寝台のスプリングを聞かせて、ゆっくりと腰を上下させた。

「あっ……あっ……あっ……」

桃子の静かな喘ぎ声が聞こえてくる。

（しかし、こいつのおっぱいって、単にでかいんじゃなくて、こう上にぐっと反り返るように持ち上がっているよな。なんというわがままおっぱい）

幼馴染みのよく育った乳房の揉み心地に、悟は酔いしれた。

激しく腰を使わなくとも、自然と肉棒は高まっていく。

「ああ、あん、なんか、悟のおち×ちんがあたしのお腹の中で脈打っている気がする……」

「そうだな。そろそろ出すぞ」

悟が耳の後ろで囁いた瞬間、桃子ははっと我に返ったようだ。

「ちょ、ちょっと、悟、あんた中に出すつもり!? だ、ダメだからね! あんたコンドームとかしてないでしょ。妊娠する。絶対に妊娠しちゃうから」

「ああ、桃子になら俺の子供産んでほしい」

「いやいやいやいや、ダメだって。あたしたちまだ学生だし、夏の大会近いし、部活のみんなに迷惑かかるから、ほんとダメ」

桃子は必死に逃げようとしたが、初めての体験に完全に腰が抜けているらしく、たいした抵抗はできなかった。

桃子を背後から抱きしめた悟は、その耳元で半ば冗談で囁きながら射精する。

「桃子、俺の子供を産んでくれ」

「ダメ、いや、産むけど、いずれ産むけど、いまはダメェェェ!!!」

ドクンッ! ドクンッ! ドクンッ!

幼馴染みの体内で噴き出した精液は、桃子を妊娠させようと子宮口に殺到する。

「あ、これ、気持ちいいぃぃぃぃ」

いままで破瓜の痛みで、満足な快感を得られていなかったようすの桃子であったが、膣内射精は気持ちよかったようだ。

顔を真っ赤にして、大きな口から涎を垂らしながら叫んでいた。

＊

「はぁ……はぁ……はぁ……」

射精を終えると悟は、桃子を抱きしめたまま寝台に横になった。

そして、荒い呼吸をしている幼馴染みの顔を至近距離から堪能する。

(なにこいつ、セックスしたらますますかわいくなったんだけど)

自分の女である。大事にしてやらねばと思った悟は身を起こし、小さくなった逸物を抜くと、いまだに惚けている桃子の股間をティッシュで拭ってやった。

白い紙に、赤い血が滲んだ。

「大丈夫か？」

「……うん。少し痛いけど、悟の出したものがお腹の中にあるの。温かくて気持ちいい。あ、でも、本当に赤ちゃんできたらどうするのよ、バカ。ったく、あとでお姉ちゃんに避妊の方法を教えてもらわないと……あっ!?」

なにやらぶつくさいっている桃子が、突如頓狂な声をあげた。

「今度はどうした？」

驚く悟に、桃子は恨みがましい視線を向けてくる。

「うー、あたし、ファーストキスより先に処女を奪われた」

「お、俺、おまえとキスしたことなかったっけか」

桃子があまりにも近しい存在ゆえに、いろいろと吹っ飛ばしてしまったと自覚した悟は、慌てて桃子の唇を奪った。

「あ、そんなやっつけに……もう」

文句を言いながらも桃子は素直に、悟の唇を受け入れた。

「う、うふ、うむ……」

二人はしばし舌を絡める。

(桃子の舌、美味い)

やがて満足したところで、二人は唇を離す。

「桃子、その、もう一回いいか?」

「し、仕方ないわね。あんたの気が済むまでやっていいわよ。あたしのオマ×コは、悟専用だし」

「桃子っ!?」

幼馴染みの宣言に、逸物は跳ね上がった。たまらなくなった悟は、即座に逸物を挿入してしまう。

そして、二人は、朝まで貪るようなエッチを楽しみ、つながったまま眠りに落ちた。

第五章　夏祭りの野外性交

「さぁ～て、約束よ。今日はいっぱいおごってもらうんだから！」

藍色の生地に水玉模様の入った浴衣に、黄色い帯を締めた安田桃子は、原田悟に向かって得意満面と宣言した。

今夜はみなと祭りである。

その名の由来のとおり、漁師さんの祭りなのだろうが、国道の左右に屋台がびっしりと並び、山車などが練り歩く。いたって、どこの地方にでもあるだろう平凡な祭りである。

それでも賑わいは、なかなかのものだ。

立錐の余地もないほどに群衆がおり、警官も多数出て交通規制をしている。

「ああ、わかったよ。好きなだけおごってやる」

「よし、いい覚悟だ。遊ぶぞ！」

気合いを入れて叫んだ桃子は、悟の腕を引いて屋台の群れに突入する。

まずは金魚すくいを五回連続で行った桃子であったが、一匹も取れなかった。

「う〜、べ、別に金魚なんて連れて帰っても、飼うの大変だし……」

負け惜しみをいった桃子は、ついで射的に挑戦。こちらも五回やって全敗。一つも景品を取れなかった。

「なんで⁉ 狙ったところに飛ばないじゃない！」

「いや、そういうものだろ。俺にあたるな」

桃子に詰め寄られた悟は、視線を逸らして溜め息をつく。そんな悟に、桃子はコルク銃を押しつけてきた。

「取って！」

「はぁ？」

「あれ、欲しい。いや、なんでもいいから取って」

桃子の無茶ぶりに、店の親父が乗ってくる。

「兄さん、彼女にいいところ見せてやりなよ」

「彼女じゃねぇってぇの。ったく、わかったよ。おっちゃん、もう一回。今度は俺が挑戦する」

ということで、金をドブに捨てる気分で悟は玩具のライフルを構えた。そして、引き金を引く。

「……当たるし」

桃子は憮然として呟く。

悟があっさりと獲得したのは、ガラス玉の付いた指輪だった。ネットで検索すれば五百円以下で買えそうな代物だ。

「ほら、やるよ」

悟は玩具の指輪を、桃子に押しつける。

「えっ!? いいの？」

「俺が持っていてどうすんだよ、そんなもの」

「ふ、ふん、あたしはこんなもので買収されたりしないんだからね」

桃子はガラスの指輪を、左手の薬指につけようとして、思い直したように中指に嵌めた。

玩具の指輪の付いた手を翳して、ご満悦といった表情で眺めながら桃子は歩く。

「ったく、あの親父、あたしとあんたで、違う銃を渡したでしょ」

「いや、おまえが使ったものを、そのまま俺が使ったろ」

「……あ、タコ焼きだ。悟、あたし、たこ焼き食べた〜い。買って」

反論の言葉が思いつかなかった桃子は自棄食いをすることにしたようだ。タコ焼きに始まって、じゃがバター、杏子飴だといったものを、悟に買わせる。

(こいつ、ほんと遠慮ねぇな)

処女膜一枚を無理やり破っただけで、とんだ散財である。

とはいえ、上機嫌ではしゃいでいる桃子を見るのは悪い気分ではない。

「次はあれ食べたい。ババヘラアイス」

「まだ食うのかよ」

呆れながらも、悟はいわれるがままに代金を払ってやる。

ババヘラアイスとは、白いバナナ味のアイスと紅色のイチゴ味のアイスをコーンに乗せた、秋田県の特産品らしい。

夏になると県内のいたるところで露天販売されている。

白と紅のアイスを薔薇のように盛りつけられたコーンを両手に持った桃子は、ピンク色の舌を出して満足げにペロペロと舐めている。

(う〜む、昨日の夜は、この舌が、俺のおち×ちんを舐めていたんだよなぁ)

不思議な気分になって眺めていると、視線を察した桃子が顔を上げてくる。

「なに、あんたも食べたいの？」

「いや」

「仕方ないわね。一舐めだけよ、ほら」

桃子がババヘラアイスを、悟の口元に差し出してきた。断るのが面倒なのでペロリと舐める。

冷たい甘い味が口内に広がった。

ガキのころから何度となく味わった定番の味だ。

「はい、おしまい」

即座に桃子はアイスを引っ込めてしまった。

そして、再び自分の舌を出して、美味しそうに舐めはじめる。

「本当に一舐めだけかよ！」

「あたしは有言実行の女なのよ。だれかさんと違ってね」

処女膜は破らないと約束したのに破ったことを、いまだに根に持っているようである。

（こいつまさか、これからずっとそのネタでネチネチ責めてくるつもりなのか。うわ

ぁ、やっぱり、めんどくせぇ女だよな)

桃子のブラックホールのような胃袋を満たしてやりながら、二人は祭りの会場を端から端まで歩いた。これにて、いちおう、祭りを堪能したといえるだろう。

折り返し、悟と桃子は帰途につく。

自宅に近づいたところで、大満足だったらしい桃子は両手を後ろに組んで、前屈みになると、ショートポニーテールを傾けて満面の笑みを向けてきた。

「今夜は楽しかったわよ。ありがとうねぇ」

「お、おう」

素直に礼を言われて、悟はいささか動転した。

(こいつ、笑顔はかわいいよな。そういう顔されると、おごってやってよかったたって気分になる。くそ、こいつ意外と女の武器を使ってくるな)

昨日から立てつづけに幼馴染みの新たな一面を見せつけられて、心がときめく。

「なに物欲しそうな顔しているのよ。今夜は家にお父さんやお母さん、お姉ちゃんもいるし、家ではできないわよ」

「わかってる」

そんないつも発情している猿のように思われるのは心外である。

「外でしていく?」

「え!?」

思いもかけない提案をされて、悟は目を剝いた。

照れくさそうに頰を染めた桃子は、無意味に前髪を整えながら視線を泳がせる。

「あたしだって鬼ではないわよ。あんたがあたしとやりたいから、いろいろサービスしてくれているのはわかっているんだから……」

「……」

悟がまじまじと見ていると、桃子は慌てて両手を前に出して左右に振るう。

「いや、別にあんたが今日はやらなくて大丈夫というのなら、あたしはぜんぜんかまわないんだけど」

「いや、かまう。やろう」

突如、火のついた悟は、桃子の手をとって雑木林の中に入った。

そして、桃子の背を立木に押しつけると、唇を奪う。

「ん、ちょ、ちょっといきなり、うむ、うむ……」

文句をいいながらも悟の両肩を抱いた桃子は、積極的に唇を重ねてきた。

自然と唇が開き、互いの舌の先を舐め合い、それから絡み合わせる。

（ああ、桃子の舌が甘い）

桃子の口内が甘く感じるのは、買い食いをしまくった直後だからというだけではないだろう。

たまらなくなった悟は右手を下ろすと、桃子の浴衣の裾を割って手を入れる。

桃子は浴衣のときには下着を付けない。姉の戯言を真（ま）に受けて、和服のときには、西洋モノの下着はつけないものだと信じているのだ。

（まったく素直というか、バカというか）

呆れるが、そんな少し抜けているところも、桃子の魅力ではあろう。

おかげですぐに陰毛に覆われた陰阜（いんぷ）を手に取ることができた。

肉裂を人差し指と中指と薬指の三指で覆い、前後にこすってやる。

「うむ……」

桃子も負けずに、悟の股間に手を伸ばすと、ズボンの中から逸物を引っ張り出す。

当然のようにギンギンに硬くなっていた肉棒を、桃子の右手が摑みしごいてくる。

「うむ、うむ、うむ……」

悟と桃子は夢中になって唇を重ねながら、互いの生殖器をしごき合った。

「ふぅ」

接吻を終えると桃子は逸物に悪戯しながらはにかみ、上目遣いで口を開く。

「悟のスケベ……」

「スケベはお互いさまだ」

悟は右手を、桃子の眼前に翳してみせる。指の間には光る糸が引いている。

「おまえ、実は昨日、かなり気持ちよくて、またやりたくなったんだろ」

「違うもん。悟が景気よくおごってくれるのに、やらせてあげないのは悪いかなって思っただけだし……」

そういいながら視線を泳がす桃子の頬は紅潮していて、明らかに発情した牝の表情になっている。

そこで悟は、その耳元で嘲弄するように告げた。

「それじゃ、今夜たっぷりとおごってやったお返しということで、サービスしてもらおうか。ち×ぽしゃぶれ」

「まったく、すぐ調子に乗るんだから」

文句をいいながらも浴衣姿の桃子は、膝を揃えて素直に屈み込むと、反り返った逸物をしげしげと見上げる。

「相変わらず蛇の頭みたいな形しているわよね。蛇嫌いなのに、なんかちょっとかわいく思えてきちゃった」

文句をいいながらも、肉棒を左右の手で挟んだ桃子は、まずは肉袋を舐めてきた。

「うっ」

思わずブルッと震えた悟の顔を、肉棒越しに見上げた桃子は得意げな顔でペロリペロリと睾丸を転がしてくる。

（うっ、いきなり玉舐めとはやるじゃねぇか。こいつ、一日で腕を上げたな）

男の最大の急所をさんざんに弄(もてあそ)んだ桃子は、ついでに裏筋を舐め上げてきた。そして、大きな目で悟の顔を窺(うかが)いつつ、亀頭部をチロチロと舐め回す。

（くそ、ち×ぽ舐めながらドヤ顔しやがって……かわいいじゃねぇか）

悟のことならなんでも知ってます、という顔で尿道口を舐めほじっていた桃子が、唾液まみれとなった亀頭部から口を離し、軽く小首を傾(かし)げてきた。

「ねぇ、やっぱりパイズリ、したほうがいいの？」

「当然、おまえのおっぱいに挟みたくないはずがないだろ」

「まったく、浴衣って着崩れると、直すの大変なのよ」

桃子は浴衣の胸元を開き、健康的な丸い肩を出した。そして、胸元を深い谷間まで露出させたが、帯は解(ほど)かなかった。

「今日はこれで我慢して」

そういって逸物を、乳房の谷間に垂直にぶっ刺した。

普通の大きさの乳房であったなら、逸物の切っ先はただちに女の胸板に当たったことだろう。

しかし、桃子のわがままおっぱいは、前方にぐっと家の庇のように突き出している。

そのため、逸物はずっぽり入った。

「おお」

感動する悟に、桃子は呆れる。

「まったく、おっぱい星人なんだから」

自分の乳房に、男が大喜びしているさまは、女として悪い気分ではないのだろう。

桃子は左右から乳房を押して、狭間の逸物を圧迫しながら、前後に動いてくれた。

「どう、気持ちいい？」

「ああ、桃子、やっぱりおまえのおっぱい最強だわ」

「最強ってなによ」

苦笑しながらも、桃子は一生懸命に乳房を操り、肉棒をしごいてくれる。

「桃子、そろそろ俺」

「あ、待って。浴衣にかけないでよね。昨日みたいに顔とかにかけるの勘弁だから。ザーメンまみれで帰ったら、絶対に親バレするし。大事になるわよ」

「そ、そうだよな……」

桃子の親父さんにばれたら、その場で結婚させられそうな気がする。

(いや、それよりもみどりお姉ちゃんか)

昨日までの悟は、みどりに夢中であり、体中のありとあらゆる部分を愛で、舐め回し、ザーメンをかけて喜んでいた。

それがたった一日、エッチができなかっただけで、妹とエッチをしてしまったのだ。

(改めて考えると、俺って最低だな)

自己嫌悪を感じるが、それとは別にいまは桃子の極上おっぱいに押し包まれた逸物は、射精欲求にのたうち回っている。

桃子にぶっかけることができない以上、その辺にまき散らすほかあるまい。

悟が逸物を、桃子の乳房から抜き、切っ先を他の方向に向けようとしたとき、桃子が止めた。

「あ、待って。あたしの口の中に出していいわ」

「いや、でも、おまえ、昨日、あれ臭くて嫌だっていってなかったか?」

驚く悟に、桃子は照れくさそうに頰を掻きながら応じる。

「たしかに臭かったけど……我慢して飲むわよ。あんたのあの臭いザーメン、少し飲んでみたい気もするし……」

「ああ、それじゃ、頼む」

好きな女に自分の精液を飲んでもらえるというのは、おしっこを飲ませるような罪悪感を覚えるが、やはり嬉しい。

まして、本当は飲みたくないけど、自分のことを思って頑張って飲んでくれるというのだ。その心遣いだけで、胸が張り裂けそうなほどの幸福感を覚える。

悟が逸物を差し出すと、桃子は玩具の指輪の付いた左手で肉棒を捕らえた。

「はいはい、頼まれました」

桃子は亀頭部を口に咥えてきた。……だけではなく、頰をへこませて、尿道口を吸ってくる。

(それは、みどりお姉ちゃんがよくやるバキュームフェラ)

尿道をストローとして、精嚢から直接、精液を吸い出されそうだ。

しかも、桃子はさらに右手で肉袋を揉んできた。

(こ、こいつ、意外と技を使ってくるな。どこで覚えたんだ、そんなテクニック。た、たまらん……）

物凄く気持ちいいのだが、桃子の手管で絶頂してしまうのは、なぜか癪に障る。

意味もなく男らしさを誇示したくなった悟は、桃子の頭部を両手で掴むと、自ら腰を使ってしまった。

いわゆるイラマチオという状態である。

肉棒が容赦なく桃子の喉奥を突く。

「うっ、うっ、うっ……」

こんなことはみどり相手には遠慮があってとてもできないが、桃子相手だと気安さゆえに欲望のままに振舞ってしまった。

男に頭を掴まれて、無理やり喉を犯された桃子は、ショートポニーテールを振り回し、苦し気に呻き、涙目になっている。

（くー、やっぱかわいいなこいつ。俺のち×ちんを咥えているときが一番かわいい）

女が苦しがって、涙を流しているというのに、そんな身勝手な感情に囚われた悟は、自らの欲望を止められない。

こみ上げてくる欲望のままに、桃子の口内で射精した。

どびゅっ！

「うぐっ」

桃子が苦し気に呻く。しかし、悟の逸物は委細関係なく暴れ回った。

ドビュッ！　ドクンッ！　ドクンッ！

肉棒の先端から勢いよく噴き出した精液が、桃子の口内で溢れかえる。

「はぁ～」

満足の吐息をあげた悟は、ようやく幼馴染みの少女の頭から手を離してやる。

小さくなった逸物を吐き出した桃子は、激しくせき込んだ。

「ゲホンッ！　ゲホンッ！　ゲホンッ」

射精したことで少し冷静さを取り戻した悟は、さすがにやりすぎたと慌てて、桃子の背中を撫でてやる。

「大丈夫か？」

桃子はハンカチで口元を拭ってから、顔をあげる。

「やっぱりあんたのザーメンって美味しくない。臭いし、いがらっぽいし、喉越し最悪」

「飲んだのか？」

「仕方ないでしょ。あんたが口いっぱいに注ぎ込んできたんだから」

悟があまりにも申し訳なさそうな顔をしていたので、桃子は少しフォローしておくか、といった気分になったようだ。

「美味しくはなかったけど……でも、なんでだろ？　あんたのザーメン飲んで、ちょっと幸せな気分になれた。次はちゃんと飲めるように頑張るわよ」

その台詞を聞いた瞬間、悟の胸が熱く燃えるのを感じた。

「桃子、今度は俺の番だ」

桃子を無理やり立たせた悟は、両手で立木を握らせて尻を突き出させると、浴衣の裾をめくった。

「ちょ、ちょっと、あんたいま出したじゃない」

「俺が一発ぐらいで満足すると思うな。それにおまえが気持ちよくなってないだろ。安心しろ。俺がたっぷり気持ちよくしてやる」

悟の眼前に、パンッと張った桃尻があらわとなっていた。

パンティを穿いていないものだから、健康的な太腿の内側は闇夜でもわかるほどにヌラヌラと濡れ輝いていた。

「こんなに濡れている女を放置したら、男が廃るってもんだ」

屈み込んだ悟は、桃子の尻を割ると、さらに肉裂の左右に親指を添えて、くぱっと開く。そして、顔を突っ込み、陰部に吸いついた。

ジュルジュルジュル……。

健康美少女の股間から溢れ出す蜜が吸り飲まれる音が、雑木林の中に響き渡る。

「ああん、もう悟のエッチ〜〜〜」

立木に抱きつきながら桃子は尻を突き出し、背中を弓なりに反らす。

桃子の尻圧を顔全体で楽しみながら悟は、舌を縦横に動かした。肉の船底全体を舐め回し、膣孔をぞんぶんに舐めほじり、溢れ出す愛液で喉を潤す。

「あ、あたし、もう、らめぇ……」

ビクンビクンビクン……。

健康的な肢体が痙攣して、崩れ落ちそうになるのを、その尻を掴んで押しとどめる。

桃子がイッたことを察した悟は立ち上がり、いきり立つ逸物を濡れそぼる肉壺に添えた。

「それじゃ、入れるぞ」

「うん、いいよ」

両手で立木を掴んで、尻を突き出したかたちの桃子は、ふだんでは考えられないトロンとした表情で素直に頷いた。

今夜は許可をもらってから、悟はゆっくりと逸物を押し入れる。

ズブリ……。

逸物はこの肉穴に入るために作られたといわんばかりに、ぴったりとハマる。まるで一対の鍵と鍵穴のようだ。

根元まで押し込んだところで質問する。

「どうだ。痛いか？」

「ううん、今日は大丈夫……その、気持ちいいよ、はぁ、悟のおち×ちん、温かい」

熱い吐息を吐く桃子に、無理をしているようすはない。それと察した悟は安堵する。

「そうか、よかった。それなら思いっきり楽しめるな」

両手を桃子の腋の下から前に回した悟は、剝き出しの大きな乳房を鷲摑みにした。

大きくて弾力に満ちた桃子の乳房は、実に揉みごたえがある。

それを豪快に揉みしだきながら、悟は腰をリズミカルに叩きつけた。

バンッ！　パンッ！　パンッ！　パンッ！

男の腰と女の尻が景気よくぶつかり合う音が、雑木林内に響き渡る。

「あん、あん、あん、悟のおち×ちんが、あたしの奥に届いて、あん、ズンズン、突かれるの、あん、ヤバイ、気持ちいい、気持ちいい、気持ちいい、気持ちよくて、なにも考えられなくなっちゃう」

桃子の厚ぼったい口唇から喘ぎ声が漏れる。

（こいつ、やっぱり黙っていれば、いや、セックスのときはかわいいな。おっぱいでかいし、オマ×コは気持ちいいし、俺好みの女だ）

みどりのことは、むろん好きだ。美人で色っぽくて、理想の女性に感じる。それに対して、桃子は土臭い。しかし、この健康的な体は、男のどんな欲望でも受け止めてくれるような安心感がある。

「ち×ぽで突かれて気持ちいいところあったら、教えろよ」

「うん、わかった。あ、でも、あたし、悟のおち×ちん、入れられている、だけ、で、気持ち、よくて、ああ……おち×ちん入れられた状態で、乳首を弄られるの、気持ちよすぎる」

「なるほど、これがいいわけか」

悟は両の乳首を摘まむと、クリクリクリクリとこね回してやった。

「ひぃ——それダメ、気持ちよすぎる、おかしく、おかしくなっちゃううう」

そんなことを言われて止める男がいるはずがない。悟はさらに乳首を弄り倒しつつ、腰を豪快に腰を叩きつけた。

「気持ちいい、気持ちいい、気持ちいい」

ふだんは色気などまったくない健康美少女が、いまや体をS字に反らせて悶絶している。

「桃子のオマ×コも気持ちいいぞ」

悟と桃子は我を忘れて、獣欲を貪っていたときだ。

ガサッ！

ふいに背後で小枝を踏み折る気配がした。驚いた悟と桃子は後ろを見る。

「っ!?」

そこには二十歳前後の男と女が並んで立っていた。

男は甚平姿で茶髪。お洒落な丸眼鏡の黄色いレンズのサングラスをしている。女は黒髪のワンレングスで、白いTシャツと脛を出すスリムジーンズを着ていた。

「やべ、気づかれたか？」

チャラい兄ちゃんは頭を掻き、それをきつそうな美人お姉さんがたしなめる。

「だから、そっとしておきなさいといったのよ」

それは近所のお兄さん栄一と、近所のお姉さん静香だった。

二人はみどりの同級生であり、恋人同士だ。結婚秒読みだとだれもが思っている。

「……」

悟と桃子がとっさにどう反応していいかわからずにいると、栄一は右手の親指をたてて、サムズアップをしてきた。

「悟、桃子ちゃんを落としたか。よくやった」

「は、はぁ……」

「そして、桃子ちゃんも大人になったか。うんうん、あのお転婆娘も、年ごろになれば女になるんだなぁ」

腕組みをした栄一は、感慨深そうに何度も頷いている。

その脇腹を、静香が肘鉄した。

「アホなこといっているんじゃないわよ」

恋人をたしなめた静香は、桃子に声をかけてきた。

「桃子ちゃん、避妊には注意しなさいよ。高校生男子なんて馬鹿で性欲の塊なんだから、なにも考えずに中出ししまくるわよ。自分の身は自分で守る。いいわね」

「あ、はい……」

男に貫かれ、立木にしがみついたまま桃子は素直に頷く。

「悟くんもわかっているわね」

静香のお説教がさらに続こうとしたとき、唐突に彼女の着ていたTシャツがたくし上げられて、白くて大きな乳房が二つ剥き出しになった。

真夏の夜ということで、彼女もブラジャーをしていなかったようだ。

「っ!?」

背後から栄一に、Tシャツをたくし上げられたことを知った静香は慌てて、両手で胸元を隠しながら怒鳴る。

「あんた、なに考えているのよっ!?」

「ここは人生の先輩として手本を見せてやらないとな」

怒る恋人の両手を手近な立木に押さえつけた栄一は、手慣れた仕草で、恋人のスリムジーンズと水色のパンティを引き下ろす。

「ちょ、ちょっと、やめなさいよ、子供の前で」

「もう子供じゃねぇよな」

嘯(うそぶ)いた栄一は、静香の右足を豪快に持ち上げて左肩に担ぎ上げた。

静香を左足一本で立たせたかたちだ。体が横向きになって両の乳房が悟たちの位置から丸見えになる。

(静香姐(ねえ)さんのおっぱいデカ!?)

みどりと同級生の静香だが、体は一回り大きく、骨太でがっちり肉づきがいい。

白くて大きな乳房は、凄まじい存在感だ。

みどりはもとより、桃子よりも大きい。その大きな乳房にふさわしく、ピンク色の乳首も巨峰のように大きい。

まさにホルスタイン級の乳房と言いたくなるレベルだ。

「あん」

それをがしっと鷲掴みにした栄一は、ズボンを下ろし、逸物を取り出していた。

(栄一兄ちゃんのち×ぽもでけぇ。しかも真っ黒)

まさに使い込まれた業物(わざもの)といった風格だ。

「っ!?」

悟と桃子が息を飲んで見守っていることを十分に意識しながら、口角を吊り上げた栄一は逸物を押し込んだ。

「ああん、もう、あとでみどりに怒られても知らないわよ」

「まぁまぁ、祭りの夜は無礼講だよ、なぁ」

嘯きながら栄一は、腰を抽送させる。

「もう、悟くんと桃子ちゃんが見ている前で、あん、あん、あん、あん」

抗議の声をあげながらも、静香は気持ちよさそうに喘いでいる。

隣で始まった近所のお兄さんお姉さんのセックスライブに、悟と桃子は呆然としてしまう。

栄一が腰を叩き込むたびに、バインバインのおっぱいが躍っている。大変な迫力だ。

（すげぇ、あの静香姐さんがあんなふうになるんだ）

日常的に会う静香は、いかにも頼りになる姉御といった雰囲気の女性であった。

とてもセックス時の表情など想像できるものではない。

（えーと、これはどういう状況よ？）

唖然としている悟と桃子の視線を十分に意識しているのだろう。栄一はドヤといった顔を向けてきた。

「悟、いいことを教えてやろう。気の強い女は、アナルが弱い」

「ちょ、ちょっとあんたまさか、やめ、やめな、はぅっ!?」

右手の親指を口に含んだ栄一は、それを静香の肛門に添えて押し込んだ。

「うほっ」

アナルに指を入れられた美人お姉さんは、左右の目の大きさを変え、唇をめくった、かなり微妙な表情になってしまった。

「静香さん気持ちよさそう……」

桃子の呟きを聞いた瞬間、悟の背中がカッと熱くなった。

「俺だって」

負けてられるか。

牡としての対抗心を覚えた悟は、桃子を無茶苦茶に感じさせたかった。

しかし、どうしたらいいか、とっさにわからない。

（栄一さんと同じことをしても勝てねぇよな。よし、それなら、いっちょやってみるか）

悟が知っている体位の中で、もっとも凄そうな体位をしてみることにした。

まずは逸物を入れたまま桃子の体を対面に変えさせる。

「ちょっと、張り合わないでよ」

悟のようすから不穏な気配を察したらしい桃子の悲鳴は無視して、悟はそのまま桃子の両足を抱え上げた。

「ひぃっ」

たまらず桃子は両手で、悟の肩を抱く。

対面の立位。俗に駅弁ファックと呼ばれる体位である。

女の体は、男に比べれば軽いといっても、人間一人を抱きかかえるのだ。大変な力技である。

「刺さっている！　悟のおち×ちん、奥に刺さっちゃっている！」

逸物の切っ先が、子宮口へと突き刺さったようで、桃子は両腕で必死に悟の頭を抱きかかえる。

「いくぞぉぉぉ!!!」

雄叫びをあげて悟は、桃子の尻を力任せに突き上げる。

「ひぃ、ひぃ、ひぃ」

男にしがみついた桃子は涙を流して牝声をあげる。

若いカップルの豪快な性交に、静香が呆れた声を出す。

「若さね～」

「うんうん、俺もあのくらいの年のころは女が新鮮で、いくらでもできると思ったもんだ」

「ほぉ～、あたしに飽きたっていいたいわけ？」

ジト目で睨まれた栄一は、慌てて恋人を抱きしめる。

「いえいえ、やればやるほど愛は深まっていますよ」

そんな先輩カップルのやり取りをよそに、悟と桃子は肉欲に溺れていた。

もともと出す直前に中断されていたこともあって、射精欲求はあっという間に臨界点に達する。

「桃子、出すぞ」

「うん、いいよ、中に中に、出してぇ!!!」

桃子もまた見学人がいる状況に昂ったようだ。

「うおおおおぉぉぉぉ!!!」

雄叫びをあげた悟は桃子の尻を抱き、思いっきり射精する。

ドビュビュビュビュビュビュ……。

「ひぃぃぃ、気持ちいいぃぃぃ」

悟の頭を抱いた桃子は、思いっきりのけ反った。

そんな若いカップルの絶頂を眺めながら、静香は肩を竦める。

「まったく、言っている傍から桃子のやつ、自分からナマ中だしを懇願しているし……」

「しゃーないって、ナマは気持ちいいからな」

「ったくビールじゃねぇーつーの。おまえも後先考えずに出しまくるから、あたしは妊娠しちまったわよ」

吐き捨てた静香の告白に、あたりは一瞬、真っ白になった。

「……マジ？」

「マジよ」

栄一の質問に、静香はむすっとした顔で答える。

「結婚してください」

「当たり前だ、バカ」

「静香、愛している」

盛り上がる近所のお兄さんお姉さんカップルのプロポーズ劇。それに続く激しすぎるセックスを横目に、身支度を整えた悟と桃子は、スゴスゴと退散した。

＊

「まさか、栄一さんと静香さんが結婚するとはね」

祭りの翌日。桃子はいつものように悟の部屋にやってきて、いっしょに夏休みの宿題をする。

「いや、あの二人は付き合って長いだろ」

「そりゃ、わたしもいずれ結婚するとは思っていたけど、まさかあのタイミング。それもデキちゃった婚か」

桃子はなんとなく浮ついていたが、ノルマを達成するとテニスの部活動のために学校に行く。

悟は軽く畑を見てから、隣の安田家に出向いた。

浴衣姿の上からエプロンをつけたみどりは台所にたって、なにやら料理をしていたが、悟は委細構わず背後から抱きついた。

「ちょ、ちょっと悟くん、来ていきなり!?」

「だって、昨日、一昨日とできなかったし」

悟はみどりの乳房の揉み心地に酔いしれた。

決して大きくはないが、手のひらにそっと包まれる感覚は、これはこれで趣がある。

「まったく、ちょっと待ってね。夕ご飯の支度をわたしがしないといけないの」

手のかかる弟だといわんばかりの顔をしたみどりは料理の手を休めずに、悟の好きにさせてくれた。

みどりは茄子の皮剝きをしていたようだ。安田家の夕ご飯は茄子の丸焼きが出るようである。

農家ならではの贅沢な調理法だ。生姜を添えて、醤油をかけるだけで、美味い。悟も大好物だ。

しかし、その大好物を上回る大好物を待ちきれなかった悟は、みどりの浴衣を脱がす。

ほっそりとした肩から、背中、臀部、そして、長い脚があらわとなる。

「美味しそうな茄子だけど、絶対にみどりお姉ちゃんの体のほうが美味しいよね」

「はいはい」

すでに裸を見られたからといって恥ずかしがるような関係ではない。みどりは裸にエプロン状態で、かまわず料理を続ける。

悟は料理の邪魔をしないように気をつけながらも、うなじに接吻をし、乳房を揉み、臀部に逸物を挟み、股の間に逸物を入れて素股をする。

(みどりお姉ちゃんと桃子って、姉妹なのに抱き心地がぜんぜん違うな)

たとえていえば、みどりは洋菓子で、桃子は和菓子だ。どちらも甘いが、比べられるものではない。

みどりの滑らかな肌触りに酔いしれる悟のことなど、素知らぬ顔でみどりは料理を続けていたが、肉棒の上部には温かい蜜がかかってきた。

「みどりお姉ちゃんのパイパンオマ×コ、すっごい濡れている。おち×ちん入れていい？」

「ま、待って、あと少しだから……」

上ずった声を出しながらも、みどりは大急ぎで料理をした。

なかなかの手際である。

(みどりお姉ちゃんってほんと、なんでもできるな。頭がよくて料理もできて、美人でエッチで、ほんと完璧)

悟が改めて惚れなおしていると、洗面所をざっと片付けたみどりが叫んだ。

「さぁ、いいわよ。入れてちょうだい」

「待ってました」

悟は即座に、逸物を膣孔に押し込んでやる。

「はぁん」

洗面台に両手を乗せた裸エプロンのお姉さんは、牝声をあげてのけ反る。

「はぁ～、みどりお姉ちゃんのオマ×コの中に入ると帰ってきた～って気分になる」

「それどういう意味かな？」

「いや、その……二日もやってないとつい懐かしくなったというか……」

桃子とのことを勘ぐられたような気がして、悟はいささか焦る。

「みどりお姉ちゃんは、どお、寂しくなかった？」

「それは寂しかったわよ。わたしのオマ×コ、悟くんにやられすぎて、悟くんのおち×ちんの形になっちゃっているのよ」

「当然、みどりお姉ちゃんのオマ×コはぼく専用だからね」

みどりの返答に歓喜した悟が、いっきに抽送運動を始めようとしたとき、ふいに軽快なJポップの音楽が聞こえてきた。

みどりのスマホであった。

さんざん待たせた挙句に、ようやく入れたところで中断となったら、年下の恋人がごねると思ったのだろう。みどりは悟に貫かれたまま、スマホを手に取る。

「静香からだ」

幼馴染みからの連絡ということで、みどりは気楽に通話ボタンを押した。

「静香、なに？……えっ！　結婚する!?」

みどりの膣洞がギュンッと締まった。

どうやら、昨晩、悟と桃子が目撃したプロポーズ劇の報告のようだ。

みどりが血相を変えて質問する。

「本気？　妊娠した？　あんたデキちゃった婚って。いや、おめでた婚か。おめでとう。いずれはとは思っていたけど、予想以上に早かったわね。わたし？　あはは、わたしは相手がいないわよ」

そう電話をしながら笑うみどりの膣孔には、悟が逸物を突っ込んでいるのが映っている。いちおう、電話の邪魔をしては悪いので、悟は腰を動かさなかった。

しかし、みどりの膣洞がキュンキュンとかつてない動きをしている。

親友の結婚という報告に動揺しているようだ。

電話が終わったところで、悟は質問する。

「みどりお姉ちゃんも結婚したい？」

「いずれはね。でも、わたしはまだ学生だし、焦ってはいないわよ」

ぼくと結婚してくれ、と言おうとして、悟は躊躇った。

二日前であったら、躊躇なく申し込んだだろう。しかし、桃子とも肉体関係を持ってしまった今、口を重くした。

(ぼくってやつは……)

罪悪感から胸がキリキリと痛んだ。

みどりが好きだという心に偽りはない。しかし、桃子が他の男と結婚するという未来も予想できなかった。

(ったく、なんで結婚は一人としかできないんだ)

日本の結婚制度に怒りを覚えながら、罪悪感から逃れるためにも、いつも以上にみどりに思いっきり気持ちよくなってもらおうと頑張ることにする。

みどりの細くて長い、白い右足だけを流し台に乗せて、激しく突く。

悟の経験上、女は左右非対称にしてやったほうが感じる。

「ちょ、ちょっと、あん、あん、あん、悟くん、あん、激しすぎぃ」

みどりの悲鳴をよそに、悟は力の限り腰を使った。

「ひぃ、ひぃ、ひぃ、ひぃ、イク、イク、イク、イクゥ――――!!!」

超高速ピストン運動に、みどりはあっという間にイッてしまった。

膣孔がキュンキュンと締めてくる。

(みどりお姉ちゃんのオマ×コ、やっぱり気持ちいい)

何度味わってもやめられない極上の膣圧だ。射精欲求が一気に高まった。女の絶頂に合わせて射精することは、最高に気持ちいいことは実体験として知っている。しかし、悟は射精欲求を気合いで止めた。

「う～～ん……」

膣内射精されなかったことが不満なのだろう。みどりは残念そうな、それでいて色っぽい声を出しながら、床に崩れ落ちた。

悟はみどりが怪我しないように、腹部を抱いてゆっくりと床に四つん這いにさせてやる。

いきり立つ逸物は、突き刺したままだ。

よって裸エプロンのお姉さんと、後背位となった。

「まだまだ」

勢いに乗った悟は、委細かまわず腰を使いつづける。

「あん、ちょっと、そんな連続でなんて、ああ、ダメよ、ああ、また、またイク、またイカされちゃう、ああ」

「いくらイッてもいいですよ。今日はみどりお姉ちゃんをイカせて、イカせて、イカせまくりますから」

その宣言どおり悟は、みどりがイッてもイッても許さずに、悟は高速で腰を使いつづける。

「はぁ……はぁ……はぁ……もう、ダメ、許して」

連続で三回イカせるとみどりは息も絶えだえになってしまった。

「みどりお姉ちゃん、だらしないな」

「はぁ～、はぁ～、はぁ～、だって、悟くん、上手になりすぎ……」

「みどりお姉ちゃんの体の秘密は、ぼくが一番よく知っているんだ。みどりお姉ちゃんよりもね」

嘯いた悟の眼下に、白いすっきりとした臀部の谷間にある肛門が見えた。

ふいに昨晩、栄一から聞いた台詞が脳裏をよぎる。

(気の強い女はアナルが弱いか……。みどりお姉ちゃんは別に気の強い女ではないと思うけど、試してみるか)

好奇心を誘われた悟は、昨晩の栄一の仕草を思い出し、自らの右手の人差し指を軽く口に含み唾液を乗せてから、みどりの肛門に添えた。そして、押し込む。

連続絶頂ですっかり脱力していたみどりは油断していたのだろう。指はあっさり入った。

「はぁぁぁぁ」

みどりは細い背中をのけ反らせて、大口を開けた。肛門もきゅっと締まって、悟の指を食いちぎりそうだ。同時に肉棒を咥えた膣孔もキューッ強く締め上げてきた。

「ちょ、ちょっと、悟くん、どこに指を入れているの？」

みどりの抗議の声に、悟は悪戯っぽく応じる。

「昨日、栄一兄ちゃんに教えてもらったんだ。女はアナルでも感じるって」

「あいつ、ほんとろくなこと教えないわね」

みどりは右手で顔を覆う。

「でも、実際、みどりお姉ちゃん、感じているみたいだね。ほら」

「ひぃあ」

悟が肛門に入れた指を抜き差しすると、みどりは白い背中からはぬめるような汗を出して悶絶した。

（うわ、みどりお姉ちゃんの肛門の中の肉壁越しにおち×ちんを感じる）

なんとも不思議な気分である。

（みどりお姉ちゃんの反応も新鮮でいい）

気をよくした悟は、みどりの肛門を指でほじりながら、膣孔の中の逸物を射精させた。

「ひぃぃぃぃぃぃぃぃぃぃぃ」

ドクン！　ドクン！　ドクン！

射精が終わって逸物を引き抜くと、裸エプロンのお姉さんは台所の床に腹這いとなり、潰れた蛙のような蟹股開きで脱力してしまった。

毛のない陰阜は開ききり、中からトプトプと白濁液を垂れ流している。

清楚なお姉さんのみるも無残な痴態に、悟はさらに昂った。

「みどりお姉ちゃん、アナルに入れていい？」

「はぁ？」

「ダメかな？」

みどりは右手で顔を覆う。

「やりたいの？　アナルセックス」

「うん」

悟の無邪気な返答に、みどりは大きく溜め息をつく。

「仕方ないわね。一度試してみましょ」

「いいの？」

「わたしは悟くんのおち×ぽ奴隷ですもの。どんな要望にも逆らえないわよ」

みどりは諧謔（かいぎゃく）を弄して肩を竦める。

「これでいいの？」

うつ伏せのみどりは膝をハの字に開き、自ら両手をお尻に添えて、左右に開いてみせた。葡萄色の菊座が丸晒しになる。

「ありがとうございます」

悟のどんな希望にも応えてくれるみどりの優しさに感謝しながら、悟は一度射精したくらいではまったく萎えない逸物を、綺麗なお姉さんの肛門に添えた。

「それじゃ、いきますよ。力は入れないで、息を吐いていてください」

「ふぅ――」

悟の指示どおり、みどりは大きく息を吐いた。

吐き切るまえに逸物をねじ込む。

「はぁ」

みどりは細い背中を逸らせて、大きく開いた口唇から涎を垂らす。

（これがみどりお姉ちゃんのアナル。アナルセックスか）

正直にいえば、おち×ちんを入れてもそれほど気持ちよくなかった。入口が痛いほどに締めるだけで、ふわふわとした絡みつく感覚がまったくないのだ。膣洞に入れたほうが、何倍も、いや、何十倍も気持ちいい。

しかし、精神的な意味では違った。

(あのみどりお姉ちゃんのアナルの処女ももらっちゃったんだ)

というのは、なにものにも代えがたい喜びだ。

「みどりお姉さんはアナルも最高に気持ちいいです」

歓喜の声をあげながら悟は、欲望のままにみどりの直腸に向かって射精する。

「あ、ちょっと、そこに、出すのは、ああ、ダメぇぇぇぇぇ」

ドビュッ！　ドビュッ！　ドビュッ！

初恋のお姉さんの最後の処女地で思いっきり暴れた逸物は、満足すると小さくなって抜け落ちた。

「はぁ……はぁ……はぁ……」

真珠のように美しいお尻を高く翳した痴態で、みどりは潰れてしまっている。

肛門と膣孔、二つの穴から白濁液が溢れ出す光景に満足した悟は、ティッシュで後処理をしてあげながら語りかける。

「みどりお姉ちゃんのすべての処女穴はぼくが空けたんだよね」

「え、ええ、わたしの三つ穴はぜんぶ、悟くんに掘られちゃったわ」

息も絶えだえに応じたみどりは不意に、声の方向性を変えた。

「だから、もう悟くんのことは譲らないわよ。桃子」

「えっ⁉」

みどりの声のかけた方向に、悟は慌てて顔を向ける。

そこにはセーラー服を着た幼馴染みの少女が立っていた。

「……」

「いや、これは桃子っ⁉」

動転する悟を、みどりがたしなめる。

「言い訳をする必要はないわよ。わたしたちの関係は、ずっと前から桃子にはばれていたんだし、ね」

「え？」

驚く悟に、みどりが告げる。

「あれ、悟くんは気づいてなかったの？　わたしたちがやっているのを、桃子はよく覗いてくれていたわよ。そして、オナニーしていた」

「うわぁぁぁ」

桃子は動揺の悲鳴をあげた。

「えっ」

思いもかけなかったみどりの説明に、悟は絶句する。

「それにどうやら、二人は昨日、一昨日で深い仲になっちゃったみたいね」

「それは、その……」

慌てて言い訳しようとする悟を、みどりがたしなめる。

「うふふ、ふたりはちょっとしたきっかけさえあれば、深い仲になるだろうことは十分に予想していたわよ。でも、わたしたちのほうがずっと深い仲だから」

「尊敬する姉が、アナルを掘られて喜ぶ変態だと知ったとき、妹としては反応に困るわよ」

姉に圧倒されっぱなしであった桃子は、必死に反撃を試みる。

(ヤバイ、これは修羅場だ)

仲裁を試みようとして、悟は声が出なかった。というのも、悟の心の中で、まだみどりと桃子。どちらが好きか決めかねていたのだ。

強いて言えば、どちらも好き。

(どうする？　ぼくは、いや、俺はどうしたらいい)

ここは自分がどちらかを選ばないと収まらない局面だ、と感じた悟であったが、その答えを出す前に、不意に疑問に捕らわれた。

「そういえば桃子。この間、なんでおまえはみどり姉ちゃんの部屋で寝ていたんだ？」

「それは……」

答えられない妹に変わって、みどりがスマホを差し出す。

「実はわたしのスマホに、わたしが打った記憶がないメールの送信記録があるのよ」

それは一昨日、静香との飲み会が思いのほかに早く終わり、家にいるとみどりから悟にきたメールであった。

「桃子、あなた謀（はか）ったでしょ」

みどりに詰め寄られて、桃子は泣きそうな顔になっている。

悟は事情を悟った。

どうやら、桃子はみどりが不在なのを知って、みどりに成りすまして待ち構えていたのだ。

(それなのにさんざんにおごらせやがって)

さすがに怒りを覚える悟をよそに、みどりは一転、破顔する。

「まぁいいわ。こうなったら、二人で悟くんと付き合いましょう」

「えっ」

みどりの思いもかけない提案に、桃子はもちろん、悟も絶句する。

「二股かけた悟くんに拒否する権利はないわよ」

「あ、はい……」

みどりに釘を刺されて、悟は押し黙る。

「悟くんのおち×ちんを独り占めしているのは楽しかったんだけど、毎日、妹に恨めし気(げ)な顔で見られるのもつらくて。それに正直なところ、悟くんの漲(みなぎ)る性欲を、独りで受け止めるのは大変だと思っていたのよ。どお、桃子、わたしが妥協できるのはここまでだけど」

「うん、それでいい」

桃子も破顔した。

かくして、悟は隣の美人お姉さんと隣の幼馴染みと同時に付き合うことになった。

第六章　花火大会の夜の3P絶頂

「うふふ、悟くんとデートって実は初めてよね」

夏の終わり、浴衣を着せられた原田悟は、全国的に有名な花火大会に行くことになった。

悟の右腕に抱きついて、耳元でわざとらしいほどの色っぽさで囁いてきたのは、甘栗色の髪にパーマをかけて、白地にオレンジ色のホウヅキの絵柄の描かれた浴衣を着た安田みどりである。

「そ、そうですね」

「わたしたちって部屋でセックスばかりだったから、いっしょに外出できて楽しいわ」

「あ、ははは……」

みどりの目に見えない棘が頬にチクチクと刺さる気がして、悟は乾いた笑みを浮かべる。

「あたしは悟といっしょに外出なんてしょっちゅうよ」

そういって悟の左腕に抱きついているのは、黒髪をショートポニーテールにして、藍色に水玉模様の浴衣を着た安田桃子である。

「あたしと悟の関係は、お姉ちゃんと年季が違うから」

「あら、悟くんのザーメンを一番多く飲んだことのある女はだれかしら?」

「うぐぐっ」

しらっと言ってのけたみどりの挑発に、桃子は二の句が継げなくなって歯嚙みをする。

「いや、その、仲よく、仲よくね」

全身から冷や汗を流しながら悟は、仲裁を試みる。

彼女たちの間に流れる微妙な雰囲気はもちろんだが、美人姉妹に両腕を抱きかかえられて町を歩くという行為は、なかなか心臓に悪い。

恋人と腕を組んで街を歩くこと、祭りに行くこと、花火大会に行くこと。それらは思春期の男子ならば、だれもが夢見た体験であろう。

しかし、二人同時というものを想定した男子は少ないと思う。悟も予想だにしていなかった。

女性と腕を組んで人中を歩くだけでもかなりの羞恥プレイなのに、両腕にそれぞれ別の女性に抱きつかれて歩くなど悪目立ちが過ぎるというものだ。

まして、彼女たちは、世間的な目で見れば十分に、いや、十分以上に美女美少女である。

みどりはいわずもがなの、しっとりとした大人の美人であるし、桃子は健康美溢れるメリハリボディだ。

誇らしいような気もするが、それ以上に周囲の視線が痛い。敵意、いや殺意さえ感じているのは自意識過剰のせいばかりではないと思う。いつ後ろから、蹴りを入れられるかと不安になる。

そんなとき背後から声をかけられた。

「おお、だれかと思えば悟じゃねぇか」

びくっと震えて振り返れば、そこには茶髪にグラサンの兄さんがいた。ワンレングスのお姉さんを連れている。

「あ、栄一兄さん、静香さん、こんばんは」

近所のお兄さんお姉さんカップルを見つけて、悟は挨拶する。

「結婚、おめでとうございます」

「いや、まだ気がはぇえって」

苦笑した栄一は、しげしげと悟たちの様子を見る。

「……にしても両手に華だな」

「いや、これは……」

悟がなんと返事をしたものかと困っていると、みどりがわざとらしくしなを作る。

「悟くんの恋人のみどりでぇ〜す!!」

それに対抗したのだろう。悟の左腕を抱いたまま、桃子は草履を履いた右足を蹴り上げて、妙にキャピキャピとした声を出す。

「悟の恋人の桃子でぇ〜す」

「……」

悟は困惑して立ち尽くし、そんな三人を栄一と静香は呆れた表情で見つめる。

「え〜と、これはですね」

悟の言い訳を聞く前に、栄一はのけ反って笑う。

「あはは、そりゃいい。まぁ、頑張れや」

どうやら、みどりと桃子が悟を相手にからかって遊んでいると見て取ったようである。

「おまえらは花火大会に行くのか？」

「ええ」

「気をつけて行ってこいよ」

栄一は花火大会に行く予定はないらしく、静香の腰を抱いて歩きだす。

「それじゃ、みどり。あんまり悟くんや桃子ちゃんを虐めたらダメよ」

静香は、同級生の親友に手を振りながら去っていく。

（二人に、二股かけているとばれたら、軽蔑されるんだろうな）

内心で溜め息をつきながらも最寄り駅に向かい、電車に乗って移動する。

車内は立錐の余地もない満員だった。

おそらくほとんど他県からの観光客で、目的地は同じだ。

さすがは日本有数の花火大会。ド田舎の電車がここまで鮨詰め状態になるなどそうそうあることではない。

目的地の駅に降りても人でごったがえしている。

「これは迷子にならないためにも、いよいよくっついていないとダメね」

「うん、わかってる」

みどりと桃子は、悟の両腕をがっちりとホールドしてきた。

見学会場に着くと待つほどもなく、予定どおりの時間に、勇壮な花火の打ち上げが始まる。

ドーン！　ドーン！　ドドドーン！

会場を盛り上げるためだろう。あたりには神秘的な音楽が流れ、それを突き破るようにして、腹に音が響き渡る。

「たっまや～」

「かっぎや～」

「疫病退散！」

周りの観客が入れる合いの手に負けじと、みどりと桃子も華やかな声を張り上げた。

「あぁ、楽しかった」

「いや～、思いっきり叫ぶのってストレス解消になるわね」

桃子とみどりは満喫してくれたようである。

花火大会の終わりを告げる実行委員会のアナウンスに従って観客たちは帰途につく。

「それじゃ、俺たちもそろそろ帰ろうか」

人波に混じって駅に向かって歩いているとき、路地裏にひっそりとあった妙におしゃれな店をなにげなく見て、悟はぎょっとする。

「……っ」

息を飲む悟の視線を追ってみどりが小首を傾(かし)げる。

「なにを見つけたの？　あら、ここは？」

「ちょ、ちょっとここってっ⁉」

なんの店かを察した桃子は顔を真っ赤にする。

「へぇ〜、田舎にもこんな店あるのね〜」

みどりは感心した顔になる。

それはいわゆるアダルトグッズの店だったのだ。

店の入り口の文言(もんごん)をみどりは読み上げる。

「女性専門店。男性一人での入店はお断りします。男性が入店するときには、必ず女性と同伴してください、か。とりあえず、わたしたちは入店する資格があるわね。面白そうだから、ちょっと寄っていきましょうか？」

「ちょっと、お姉ちゃんっ⁉　電車に遅れちゃうよ」

「いま電車に乗っても混んでいて座れないわよ。少し便を遅らせましょう」

好奇心を刺激されたらしいみどりは、悟の腕を引いて店内に入る。

「もう！」

頬を膨らませた桃子は嫌そうであったが、独り店外で待っていることもできず、いっしょに入ってきた。

「いらっしゃいませ」

店内に入ると、化粧のばっちり決まった女の店員さんが対応してくれた。

商品は、案の定、女性用の大人の玩具が並んでいる。

「へぇ〜、意外とおしゃれ」

みどりは感心したようにあたりを見渡す。

「うわ〜」

所狭しと並ぶバイブの山に、桃子は引き気味の顔になっている。

一方で、みどりのほうは好奇心いっぱいだ。店員さんに質問した。

「おすすめってあるんですか？」

「やっぱりパートナーと同じ大きさがいいですよ」

その返答に、みどりはバイブをざっと見て、一本を手に取る。

「それじゃ、これかな？」

姉の選んだものをのぞき込んだ桃子が、首を横に振る。

「いや、悟のはもっとこう節くれだっているわよ」

「それじゃ、これ？」

「いや、こっちのほうが近い気がする」

美人姉妹は、バイブをつぎつぎに手に取ってキャッキャッと談笑している。

なんだかんだいって仲よし姉妹なのだ。

悟は口出しできずに、店員のお姉さんと並んで黙って見守る。

「うんうん、この鰓（えら）の張った感じがそっくりかも」

「うん、そっくり。この鰓がえぐいんだよね〜」

どうやら姉妹の意見の一致した代物が見つかったようだ。

彼女たちの手に取ったバイブを確認した店員のお姉さんは、悟の顔をマジマジと見て頷く。

「まぁ、立派なものをお持ちなのですね」

「いや〜それほどでも……」

見知らぬお姉さんに、勃起のおち×ちんのサイズを知られるというのは気恥ずかしい。悟はどう反応していいからわからず、視線を逸らした。

「ダブルデートの記念に、これ買っちゃおうか？　すいませ～ん、これくださ～い。二本」

「ちょっと、お姉ちゃん！」

「承りました」

悟の逸物にそっくりだというバイブを二本持って、店員のお姉さんはレジに向かう。

なぜか悟が金を払って、恋人たちにプレゼントすることになった。

（意外と、いい値段するんだな）

悟が懐に痛みを感じていると、会計を終えた店員のお姉さんが質問してくる。

「包みますか？　それとも装着して帰られますか？」

「え？」

思いもかけない提案に、悟とみどりと桃子は軽く目を見張る。

悪戯心を刺激された悟は重々しく応じた。

「それじゃ装着で」

みどりがジト目を向けてくる。

「悟く～ん」

「せっかく買ったんだから、使わないともったいないでしょ」

「まったくスケベなんだから」

呆れ顔の桃子は肩を竦めながらも、受け入れたようだ。

「それでは、こちらでどうぞ」

店員のお姉さんに試着室というのだろうか、個室に案内される。

みどりが不安そうな声を出す。

「わたしたち、こういうのつけるのって初めてなんだけど……」

「大丈夫ですよ。生のおち×ちんも気持ちいいでしょうけど、こういうグッズを使うことでより豊かなセックスライフが楽しめます」

店員のお姉さんにニッコリとした笑みで促されて、みどりは肩を落とす。

「わかりました。わたしは悟くんの肉人形だからね」

「わたしだって、いまさら悟になにされたって驚かないわよ」

姉妹は並んで尻を突き出して、浴衣の裾をからげようとして止まった。

「その……悟に見せるのはいいんだけど……」

桃子が店員さんをチラリと見る。

「わたくしのことはお気になさらずに、オマ×コは見慣れております。もちろん、邪魔だというのでしたら、席を外しますが……」

店員の視線を受けて、悟は一瞬考えたあとに頷いた。

「別に女の人だからいいんじゃない？　俺は、バイブの使い方なんて知らないから、教えてほしいな」

「承知いたしました」

そんな二人のやり取りに、桃子が自棄を起こす。

「はいはい。わかりましたよ」

「まったく、悟くんったらドSなんだから」

頰を染めて熱い吐息をついたみどりは、浴衣の裾をからげる。

「いや、ひと様の前でそういう変なレッテル貼りはしないでもらいたいんだけど」

悟の抗議の声をあげるまえに、その眼下には、みどりのすっきりとした白桃のような尻と、桃子の左右にパンッと張った肉尻が並んだ。いずれもノーパンである。

（考えてみたら、みどりお姉ちゃんと桃子のオマ×コをこうやって並べて見たのは初めてか）

窄まった菊座はもちろん、パイパンのオマ×コと、黒光りする陰毛に彩られたオマ×コを等分に眺めていると、傍らにいた店員のお姉さんが目を見張って呟いた。

「……剃られているんですね」

「あっ」

悟にとって、みどりがパイパンなのは、もう当たり前のことであったが、世間的に見ると奇異な光景であったろう。

右手の指を咥えたみどりは、潤んだ瞳で哀れっぽい声を出す。

「そう、ご主人様の命令で剃毛されてしまったの」

「そ、そうでしたか。失礼しました」

お客様の局部を注視するのは失礼だと思いたったらしい女性の店員さんは慌てて視線を逸らす。それから、悟の顔をしげしげと見る。

「お若いのに、二匹も牝奴隷を作るだなんてやりますね」

「いや、これは……」

たしかに悟のお願いで、みどりをパイパンにしている。しかし、それはドSとか、牝奴隷としてではなく、あくまでもみどりを独占したい。東京のやりちん男たちから、みどりの貞操を守るためである。少なくとも悟の主観では……。

それに精力的にも金銭的にも、自分が一方的に搾り取られているような気がする。

(うわ、絶対に誤解された)

誤解を解こうと思ったが、それを口で説明するのも難しい。

世間体を気にして立ち尽くす悟に向かって、演技をしてみせたみどりは悪戯っぽくチロと舌を出す。

悟をすっかり女の敵と認識したらしい店員のお姉さんは、その両手にそれぞれバイブを握らせる。

「さぁ、御主人様、どうぞ。これでさらに牝犬たちを思いっきり躾けて差し上げてください」

「あ、はい……」

グダグダ言い訳するのも大人げなく感じた悟は、汚名を甘んじて受けることにした。

「こちらのボタンを押してください」

店員さんの指示に従って、疑似男根のスイッチを入れる。

ブゥウウン！

低音の音が響き、疑似男根の切っ先が高速でバイブレーションを起こした。

「うわぁ……」

なかなかえぐい振動である。

「それでこれをオマ×コに入れればいいの？」

「いきなり入れたのでは、女性の大事な部分を痛めてしまいます。まずはじっくりと表面を嬲って差し上げてください」

「了解」

　悟は左右の手に持ったバイブを、二人のお尻の谷間に近づける。

「二人ともオマ×コをくぱぁって開いてみせて」

　悟の指示に、美人姉妹は身悶える。

「ああ、こんなところでクパァを命じるだなんて、悟くんってばやっぱりドS」

　哀れっぽい声を出しながらもみどりは、嬉々として自らの尻の左右から手を回し、無毛の肉裂をクパァッと開いた。

「ああ、恥ずかしぃ〜。わたしのオマ×コ、悟くんだけじゃなくて、見ず知らずの女性にまで見られている」

「お、お姉ちゃんがやるんだったら、あたしだって」

　姉に対抗心を持った桃子もまた、デカ尻の左右から手を回して、陰毛に彩られた肉裂をクパァッと開く。

　色白なみどりのほうが、媚肉の色素も薄い。桃子の媚肉は新鮮な肉のように真っ赤だった。

「まぁ、お二人とも綺麗なオマ×コですわ。毎日、ご主人様にかわいがってもらっているんですね」

店員のお姉さんが煽ってくる。

「ああ、見られている。初対面の女の人に、あたしってばオマ×コ見られている」

「ああん、恥ずかしい。こんな恥ずかしいことをさせるなんて、悟くんったら、意地悪っ」

桃子とみどりは、被虐の悦びにブルブルと震えている。

そんな美人姉妹の臀部から肛門、そして、女性器を見下ろして、悟は舌なめずりをする。

「二人とも、まだなにもしてないうちから濡れだしているよ。店員のお姉さんがびっくりしている」

「ええ、こんなにいやらしい牝犬姉妹。わたくしも初めて見ますわ」

これは店員のお姉さんのリップサービスというやつだろう。その言葉責めに、みどりも桃子も、膣孔をヒクヒクと開閉させる。

そして、蜜を溢れさせた。

「それじゃいくよ」

振動するバイブの切っ先を、ゆっくりと女たちの臀部に近づけた。

そして、ひとまず肛門と肉裂の狭間の縫い目である会陰部に添える。

「はん」

「ひゃん」

会陰部に機械的な振動を受けて、みどりと桃子は全身を震わせた。

「気持ちいい？」

「うん、き、気持ちいい……」

「はぁ、こ、こんなの初めて」

声を震わせながら美人姉妹は、熱い返事をする。

「それはよかった」

安堵した悟はバイブの切っ先を下ろして、開かれていた肉の船底に入れる。

ブルブルブルブル……。

それぞれの肉門から飛沫があたりに巻き散らされる。

「あ、すいません。汚してしまって」

慌てて悟が謝罪すると、女店員さんは首を横に振った。

「大丈夫ですよ。ここはバイブの試着室ですから、いろんな女性の方が楽しまれていかれます。濡れない女はいません……とはいえ、牝犬を二匹も連れて来店された殿方は初めてですけどね」

「あはは……」

悟としては乾いた笑いで聞き流すしかない。

とはいえ、バイブを使って女性を責めるのが面白くなってきた悟は、振動する切っ先をさらに落とし、二人の陰核に添えた。

ちなみにみどりの陰核は小さいが、完全に剝け上がっている。一方で桃子の陰核は大粒だが、先っぽしか頭を出していない。

「おお、うおおおお」

「こ、これ、ダメェ」

女の最急所に機械的な振動を受けて、みどりと桃子は突き出した尻から両足までガクガクと震わせた。

(うわ、バイブってすごいな。これなら二人とも簡単に絶頂するな)

悟がそう思ったとき、店員のお姉さんが止めた。

「その程度でいいと思います。いまはイカせないでおいたほうが、これから楽しめると思いますよ」

「はぁ」

店員のお姉さんの指示に従って、悟は両手に持ったバイブを引いた。

「はぁ……はぁ……はぁ……」

自分たちでももう絶頂すると思っていたのに、それを中断された牝たちは呼吸を荒くしている。

二人とも膣孔からトローッと大量の蜜を滴らせていた。

「入れるときは電源を切ってください。そのほうが入れやすいです」

「はい」

店員のお姉さんの指示どおり、動かなくなった疑似男根をぞんぶんに濡れてヒクヒクしている二つの肉壺に添えた。

そして、同時に押し込む。

「はぁぁぁぁぁぁぁ」

のけ反る女たちの最深部に届くまでバイブをねじ込んでやると、見守っていた店員のお姉さんが手慣れた仕草で、細い紐を通して装着されたバイブが抜け落ちないように器具で固定してくれた。

「これでよろしいでしょう」

着物の裾をもとに戻した二人は、落ち着かなそうにモジモジしている。

「これ、ヤバイ。悟のち×ちんが入っているみたい……」

「うん、気持ちよすぎておかしくなりそう……」

桃子もみどりも綺麗な浴衣姿なのだが、顔は風呂に入って茹で上がってしまったかのように赤くなっている。

浴衣の裾。両足の間からは失禁したように大量の蜜が滴っていた。

それを横目に、店員のお姉さんが悟にバイブの使い方を説明してくる。

「ご主人様、スマホでいつでもお二人のバイブを動かせるように登録してください」

「へぇ～、そんなこともできるんだ」

バイブの使い方を説明してもらってから、悟は二人に呼びかける。

「それじゃ、二人とも帰ろうか？」

「うん」

入店したときと同じく、二人は悟の両腕に抱きつく。しかし、さっきまでの姦しさはなくなり、すっかりしおらしくなっている。

「ありがとうございました。またの来店をお待ちしております」

深々と頭を下げた店員のお姉さんに見送られ、三人は再び夜の街に出た。

股間に異物を押し込まれているせいだろう。悟の腕に抱きついている浴衣姉妹の足下がなんともおぼつかない。

傍目には酒に酔ってしまった女たちを、悟が介抱しながら連れているように見えたのではないだろうか。

なんとか駅までたどり着き、電車に乗る。

花火大会の終了から少し時間を空けたのが幸いしたのだろう。車内は思いのほか空いており、ボックス席に座ることができた。

「ふぅ」

みどりと桃子は安堵の溜め息をついたが、その表情はトロットロだ。

(うわ、二人ともエロっ)

完全に発情しきった表情の恋人たちを目の前に、悟としてはいますぐ逸物をぶち込んで、足腰が立たなくなるまで犯してやりたい衝動にかられた。

しかし、まさか車内でことに及ぶわけにもいかず、ぐっと我慢する。

その代わりにアダルトショップのお姉さんから教えられたスマホのアプリを起動して操作してみた。

「ひぃ!?」

ビクン!

みどりと桃子の尻が、同時に跳ねた。

（うわ、本当にスマホで動かせるんだ。文明の力だな）

感心しながらも、悟は電車に乗っている間、バイブの振動を強くしたり、弱くしたり、止めたりを繰り返して、美人姉妹を弄ぶ。

「はぁ、はぁ、はぁ、こういうのを生殺しっていうのね」

「あとちょっとでイケるのに……」

やがて県庁所在地の駅に到着。乗り換えとなったとき、みどりが提案してきた。

「悟くん、わたし、もう我慢できない。今夜はホテルに泊まっていかない？」

「あたしも、悟のおち×ちんが欲しい」

桃子も切なそうに訴えてきた。

考えてみれば、原田家にせよ、安田家にせよ、今夜は両親がいる。

つまり、帰宅してもセックスはできない。やったとしても、物音を立てないように注意しなくてはならない。

しかし、盛り上がってしまっている彼女たちが、喘ぎ声を我慢できるとは思えなかった。

「仕方ないな」

また散財かとは思ったが、悟としてももはや我慢できない。逸物がズボンの中で破裂しそうだ。

スマホで検索して、近くにあったラブホテルにチェックインすることにした。

＊

「それっ」

生まれて初めてラブホテルに入った悟は、個室に入ると同時に美人姉妹の帯を解き、その端をそれぞれ手に取って引いた。

「あーれー」

わざとらしい嬌声をあげたみどりと桃子は両手をあげて独楽のように回転して、ウォーターベッドに倒れ込んだ。

大きな寝台の上に仰向けになった美人姉妹は、浴衣の前がはだけており、胸の谷間と、バイブの挿入された股間を露呈させた。

当然ながら、二人とも内腿は失禁したかのように濡れている。

その光景に悟は生唾を飲む。しかし、ぐっと我慢した。

「それをすぐに抜くのはもったいないよね」

浴衣を脱ぎ捨てた悟もウォーターベッドに飛び乗ると、仁王立ちしていきり立つ逸物を誇示する。

「二人とも、まずはおち×ちんにご奉仕して」

みどりは不満そうに頬を膨らませる。

「もう、いけず……」

「わかったわよ。ご主人様」

桃子は皮肉で、「ご主人様」と呼んでいるのだろう。

発情しきった顔の美人姉妹は、浴衣を羽織ったまま悟の眼下で膝立ちになると仲よく逸物を手に取ってきた。

悟から見て、右手に桃子、左手にみどりだ。

「ふぅ、形はそっくりでも、悟くんのおち×ちんのほうが魅力的ね」

「うん、やっぱりぬくもりがある。早くこれを入れてほしい」

頷き合った姉妹は、瞳を輝かせると逸物に顔を近づけてきた。

愛しげに逸物を撫でた姉妹は同時に舌を出し、肉棒の裏筋をペロリペロリと逸物を舐める。

「ああ、悟くんのおち×ぽ美味しい」

満足げなみどりに、桃子が肩をぶつける。

「ねぇ、お姉ちゃん。せっかくだし、お姉ちゃんの知っている悟の弱点を教えてよ」

「う〜ん、そうね。やっぱり先端と玉かしら？」

なにやら相談した姉妹は、肉棒を手で挟んだまま肉袋に接吻してきた。そして、左右から二つの睾丸をペロペロと舐める。

「ね、嬉しそうでしょ」

「うん、だらしない顔」

悟の顔を見上げて楽しそうに笑った姉妹は、さらに睾丸をそれぞれの口内に吸い込んだ。

「ああ……」

男の最大の急所が左右に引っ張られた。

しかし、別に恐怖はない。この姉妹にならば、金玉を噛み切られたってかまわない。それぐらいの覚悟はある。

「レロレロレロ……」

女たちの口内で睾丸が飴玉のように弄ばれる。さらに姉妹の手が、肉棒を左右から摑みしごき上げてくる。

先端の穴から溢れ出た先走りの液が、彼女たちの手を濡らした。

しかし、二人ともすでに悟の生態を知ってしまっている。このまま射精させるつもりはない。あくまでも感じさせようとしているのだろう。

悟が限界に達する前に睾丸を吐き出すと、肉棒を左右から舐め上げてきた。

そして、亀頭部に達すると、左右に張った鰓の下に舌先を添えて、レロレロと左右に刺激してくる。

そして、包皮小帯を左右から舌先で挟んだ。

チロチロチロチロ……。

男の急所が女たちの舌で舐めほじられる。

「くっ」

たまらず悟が悶えると、悪戯っぽい笑みをたたえた美人姉妹は、ますます楽しそうにおち×ちんで遊んだ。

やがてみどりが、逸物から口を離した。

「うふふ、悟くんったら気持ちよさそうな顔しちゃって。桃子、おち×ちんは任せたわ」

「任された」

元気よく請け負った桃子は、独占した肉棒を両手で包むと、亀頭部を豪快に口に含んだ。

その間にみどりは、悟の後ろに回り込み、尻の谷間に顔を突っ込むと、アナルを舐めはじめた。

「あ、ちょっと、ああ……」

前から桃子にフェラチオ、後ろからみどりにアナルを舐められた悟は悶絶する。

（……こ、これは気持ちよすぎる）

前後からの挟み撃ち、これは普通のセックスでは決して味わえない。３Ｐならではの喜びであろう。

快感が倍増というよりも、乗算されたようだ。

男が喜んでいると察すれば、女たちも張りきるというものだろう。

みどりは肛門を舐めほじり、逸物を咥えたままチラと上を見た桃子は、頬を窄めて肉棒の吸引を始めた。

ジュル、ジュルジュルジュル……。

みどりが悟にやっていたのを覗き見て、桃子が覚えたバキュームフェラ。いわばみどり直伝の必殺技だ。

「あ、出る……」

男としての威厳などまったく感じられない情けない声を出しながら、悟は射精してしまった。

ドクン！　ドクン！　ドクン！

すでに男の生態を知ってしまっている桃子は、慌てず騒がずに口内で受け止めた。否、吸い出す。

（ヤ、ヤバイ、桃子に全部吸い出されそうだ）

尿道をストローとして、睾丸にある子種をすべて吸い出されそうな恐怖。しかし、それがまた気持ちいい。

やがてすべてを出した逸物がいったん小さくなると、桃子は口を離した。

そして、口内いっぱいに溜まった子種を飲み込もうとしたところに、みどりが抗議の声をあげる。

「あ、桃子だけずるい」

悟の股の間をくぐったみどりは、桃子の頭を両手で掴むと、そのまま唇を重ねた。

「っ!?」

姉に唇を奪われたみどりは、驚き大きな目を見開く。

チュー……。

桃子の口内から、悟の精液を強引に吸い出したようだ。

しかし、桃子も負けじと、みどりの口内から精液を吸いかえす。

「うん、うんうん……」

悟の出した精液が、みどりと桃子の口内を行ったり来たりしているようだ。

その光景を見ているだけで、悟はたまらなくなった。射精したばかりの逸物がたちまち臍に届かんばかりに反り返ってしまう。

それを見た美人姉妹は互いの口内に入っていた分を、ゴクリと飲み込んだ。

「まったく、ほんとスケベなんだから」

「そこが悟くんのいいところよ」

呆れたような顔をしながらも、二人とも嬉しそうだ。

さて、ここからスケベ男の逸物をどう料理してやろうかと、美人姉妹は笑いながら相談する。

「それじゃ、次はこれしない？」

みどりが桃子の耳元で囁く。

「いいね。やってみよう」

なにやら秘密の会話をした姉妹は向かい合い、浴衣の前を開くとあらわとなった乳房を持ち上げた。

ほっそりとしたスレンダー体形のみどりの乳房は、決して大きくはないが、小さくもない。それゆえに形が整っているといえる。まさに美乳だ。

メリハリボディの桃子の乳房は、かなり大きい。高校生でこの大きさとは、末恐ろしいともいえる巨乳だ。

乳首は、みどりのほうが小さく淡いピンクで、桃子のほうが大粒で赤い。いずれもビンビンに勃っている点は同じだ。

その普乳と巨乳が合わさり、狭間で逸物が挟まれる。

「お、おお……」

美人姉妹の乳房によって自分の逸物が包まれたのだ。その夢のような光景に、悟は感動のあまり喘ぐことしかできない。

「どお、悟くんの大好きなパイズリよ」

「あんたを喜ばせるためにやってあげているんだからね。感謝しなさいよ」

姉妹は互いの突起した乳首を擦り合わせながら、浴衣を羽織った上体を上下させた。

ズルリズルリズルリ……。

美人姉妹によるダブルパイズリだ。

「ああ、すげぇ気持ちいい……最高だ」

女たちの柔肌に包まれる感触も気持ちいいが、合計四つの乳房に逸物が包まれてもみくちゃにされている。

その絵面が男にはたまらない。

たったいま射精したばかりだというのに、たちまち抑えがたい射精欲求が高まってきた。

「あはは、もうビックンビックンいっている」

「悟くんの性欲はほんとすごいからね。出しても出しても終わりがない」

みどりは舌を出し、亀頭部を舐めはじめた。それに負けじと桃子も舌を伸ばす。

二枚の濡れた舌で、尿道口を舐めほじられた悟は、たちまち敗北した。

「うおおお」

断末魔の雄叫びをあげて、射精してしまったのだ。

ドビュ────!!!

噴き出した白濁液は、ゆるくパーマのかかった甘栗色の髪と、ショートポニーの黒髪を白く染め、うりざね顔と狸顔にかかる。

大量の白濁液は、二人の額、鼻筋、唇、喉を流れ落ち、さらに鎖骨のくぼみに溜まり、そして、胸元に落ちていく。

「うわ、二発目なのにすごい量」

「あはっ、悟くんの匂いに包まれるの最高!!」

精液まみれとなって喜ぶ女たちを前で、悟はドスリとベッドに尻もちをついた。

みどりと桃子は、悟の内腿を枕に精液まみれの体を投げ出す。

桃子が、鼻先の逸物を突っつく。

「おち×ちんって大きくなったり小さくなったり、それでいてこんなヘナヘナになったり、見た目がすごい変わるのよね。不思議?」

「そうね。やりたがっているか、休みたがっているか、一目でわかるんだもん。男の子ってわかりやすいわ」

みどりもまた、半萎えの逸物を突っつく。

「うふふ、悟のおち×ちんで遊んでいると飽きないわ」

「それはそうよ。女にとって好きな男のおち×ちんって最高の玩具よ」

淫乱姉妹に逸物を遊ばれながら、悟は彼女たちの投げ出された肢体を眺めていた。

鮮やかな浴衣を羽織ったままだ。ただし、帯を失い、前を開いているから、胸や陰部といった女性が隠すべきところは丸出しである。

単に裸体を見るときよりも、エロティックに感じる。

なによりも、彼女たちの股間には淫具が装着されているのだ。

ごく自然と悟は両手を伸ばし、精液まみれの乳房をそれぞれの手に取った。

「あん」

女たちは軽く喘ぎ声をあげたが、悟の愛撫に身を任せた。

そこで悟は、それぞれ手に取った乳房に、自分の精液を塗り込んでやる。

(このおっぱいたちは俺のものだ。だれにもやらない)

シコリたった乳首を、精液を潤滑油にしてしごいていると、女たちの吐息が荒くなってきた。

気持ちよく男の愛撫に身を任せていた女たちの鼻先で、逸物がどんどん大きくなっていく。

「うふふ、もう大きくなっちゃって」

「これなら、もうできちゃうね」

それらの言動は、女たちのおねだりだということを、悟は察することができた。

「今度は俺が気持ちよくしてあげる番だな」

いきり立った逸物を誇示した悟は、仰向けになっている女たちの下半身に移動した。

そして、彼女たちの腰骨にかかっている細い紐パンのような留め具を外して、膣孔に挿入されていた疑似男根を引っこ抜く。

「ああん」

「くひぃぃ」

ぶしゃ！

女たちの悲鳴に続いて、二つの穴から失禁したかのように大量の愛液が流出した。

「あはは、すごい濡れっぷりだ。これならもう前戯は必要ないね」

「うん、ちょうだい」

「悟くんのおち×ちんでずっぽり貫かれたいの」

嘲笑した悟は桃子の右足、みどりの左足に跨ると、桃子の左足、みどりの右足を両肩に担いだ。

結果、桃子とみどりは向かい合わせとなる。

パイパンの恥丘と薄い陰毛に煙った恥丘が合わさり、二つの肉裂がまるで横一本になったようだ。

「では、いただきます」

獣欲に支配された悟は、喜び勇んで逸物を進める。

ズボリ！

「はぁ、やっぱり、本物のほうがいい～～」

まずは右のみどりの膣孔に押し入れた。いい感じにほぐれている。中まで蜜でいっぱいで、まさに蜜壺だ。

甘く蕩けるような肉穴を思いっきり突き回したいという誘惑は強烈であったが、それは許されないことである。

悟はただちに引き抜くと、左の蜜壺へと移動した。

「あたしも……こっちのほうがすっごく気持ちいい」

「それはよかった」

作り物のほうがよかったなどといわれては、男としての立つ瀬がない。

（このオマ×コたちは俺のものなんだから、俺が気持ちよくしてやらないと）

強烈な独占欲に支配された悟は、美人姉妹の蜜壺に男根を交互に行き来させた。

「あん、あん、あん」

「あん、響く、子宮に響いちゃう」

女たちの嬌声を聞きながら、悟は贅沢な犯し心地に酔いしれた。

（くー、たまらん）

悟は、みどり一人でも、桃子一人でも満足していた。それが二人同時である。これ以上の極楽体験があるだろうか。

二穴ともバイブによって解されたのだろう。いつもよりもかなり柔らかい。緩いというわけでない。ふわふわと肉棒に吸いついてくる感じだ。

姉妹ゆえに似ているような気もするが、桃子のほうが明らかに襞のほうは豊富なようだ。

もちろん、どちらが上とか下とか、論評するつもりはない。どちらも悟が大好きで、悟が開発した肉壺だ。

（絶対に二人とも俺のおち×ちんで満足させてやる）

そう決意して悟は、全力で二つの穴を行き来した。

「ああ、もう、そんなに激しくされたら、もう、もう」

「いく、いく、いく、イッちゃう」

美人姉妹が鏡合わせのように悶える。すでに前戯は、バイブによって十分すぎるほどにできていたのだ。

悟の奮闘に応えて、あっという間に昇りつめてくれた。

「いくぞぉぉぉ!!!」

雄叫びとともに悟は、桃子の中で射精を始めた。

「あ、きた。あたしの中にきた……」

ドクン、ドクン、ドクッ！

悟は射精を気合いで留めると、そのままみどりの膣内へと移動した。

ドクン、ドクン、ドクン……。

「あぁあ……わたしの中にも……」

姉妹の体内に平等に射精することに成功した悟は満足して、二人の間に倒れ込んでしまう。

「ふぅ……」

「うふふ、悟くんったら、いつも以上に頑張っちゃっているわね」

余韻に浸る悟の顔を自分のほうに向けさせたみどりは、唇を重ねてきた。

胸板に美乳が押しつけられ、半萎えの逸物は太腿に挟まれる。

「あ、お姉ちゃんずるい」

桃子は、悟の背中に抱き着いてきた。右足を上から絡めてくる。

背中に、みっちりとした肉塊が押しつけられ、臀部には濡れた陰毛が当たる。

(前と後ろからおっぱいに、いや、女体に挟まれている。ヤバイ、これ滅茶苦茶気持ちいい)

悟が多幸感に酔いしれていると、逸物をギュッと摑まれた。

「うふふ、元気になっちゃった。それじゃ、再開しましょうか?」

「あ、もう少し休ませて」

すでに三度も射精している悟は、綺麗なお姉さんに逸物を握られて情けない声を出した。

「ダメよ。夜は短いんだから。今夜は寝かさないわ」

悟は仰向けにさせられる。

「そうそう。あたしたちが満足するまで許さないんだから」

桃子も元気いっぱいに悟の上に乗ってきた。

「はいはい。お二人の気が済むまでやりましょう」

悟も覚悟を決めた。

姉妹は逸物を前に思案投げ首をする。

「それじゃお姉ちゃん、ここからどうやって楽しむ」

「そうね。交互に入れるというのも悪くはなかったけど、ちょっと欲求不満よね」

「うん、わたしも抜かれるとき切なかった」

悟が口を挟む。

「仕方ないだろ。おち×ちんは一つしかないんだから」

「そうね。それじゃ、こういうのはどうかしら？」

みどりの提案で、そそり立つ逸物の右側に桃子が腰を下ろし、左側に桃子が腰を下ろした。

そして、二人は足を絡める。

女同士であったなら、貝合わせと呼ばれる行為であろう。

しかし、二人の股間の狭間にはいきり立つ逸物が入る。

「うふふ、これならいっしょに楽しめるでしょ」

「うん、さすがお姉ちゃん、頭いい」

白い浴衣と藍色の浴衣の裾を、蝶の羽のように広げた姉妹は、それぞれ互いの足を一本抱き、胸の谷間に挟むようにしてのけ反った。

（うおお、ち×ぽが、ち×ぽが二人のオマ×コに潰される）

桃子の艶やかな陰毛に彩られた恥丘と、みどりのパイパンの恥丘。その狭間で逸物は圧殺される。

二つの牝の生殖器からは大量の熱い液体が溢れ出しており、それが肉棒の左右から浴びせられる。

悟は二人とも大好きであったが、肉棒は一本しかなく、同時に入れることは不可能だった。

しかし、それが実現したような気分である。

「まぁ、桃子ったら気持ちよさそうな顔しちゃって」

「それはお姉ちゃんだって、ああん」

感極まった表情の姉妹は、股間を肉棒に押しつけながら、腰をくねらせた。

二人とも陰核を肉棒にこすりつけてきている。特に左右に張った鰓の下の部分に、コリコリと当たる。

「ああん、気持ちいい。わたし、あんな血の通わない玩具を入れられているよりも、表面だけでも悟くんのおち×ちんをこすりつけているほうが気持ちいいわ」

「うん、こっちのほうがぜんぜんいい。もちろん、悟のおち×ちんをずっぽり入れてもらったときのほうが気持ちいいけど……。これはこれでぜんぜんいい」

「うふふ、わたしたち、本当に悟くんのおち×ちんの奴隷ね」

みどりの感想に、桃子は頷く。

「そうみたい。悔しいけど、もうこのおち×ちんのない生活なんてまるで考えられないわ」

「あたしも東京に帰るの、やめたくなっちゃう」

「そうしよう、みどりお姉ちゃんは東京に帰らず、ずっとぼくとエッチしていればいいんだ」

我が意を得たどばかりに、悟が大喜び主張すると、みどりは苦笑する。

「そういうわけにはいかないんだけどね。悟くんが来年、東京の大学に受かるのを待っているわ。そうしたら、いっしょに暮らして、一日中エッチしましょ」

「悟が東京に行くなら、あたしも行くもん」

「それじゃ三人で暮らしましょう」

みどりの提案に、悟は目から鱗(うろこ)が落ちるような思いで歓喜した。

「そ、そう、そうそれがいい！　三人いっしょに暮らそう」

「まったく、このスケベ男が」

「悟くんはスケベなところがかわいいのよ」

会話をしながらも姉妹の淫ら腰は止まらない。いや、慣れるにしたがってどんどんと淫らさが増している。

その狭間で逸物をしごき上げられた悟もたまらず悶絶した。

「ああ、そんなにされたら、俺、またすぐに……ああ」

ドビュビュビュビュビュ……。

美人姉妹の股間の狭間から頭を出していた亀頭部は爆発。噴き出す白濁液は天井近くまで舞い上がった。

「すごい、飛んだ。まるでさっき見た花火みたいね」

桃子は感嘆の声をあげる。

「はぁ……はぁ……はぁ……。二人ともすごく気持ちよかったよ」

この世ならざる快感を味わってしまったかのようで、悟は息も絶えだえになって応じる。

その頬をみどりが突っついた。

「悟くん、なに満足そうな顔をしているの？　まだまだこれからでしょ」

「そうそう。あたしまだまだ物足りないわ」

桃子は小さくしぼんだ逸物を口に含むと、唾液の海に沈めてしゃぶりはじめた。

みどりは、悟の乳首をペロペロと舐めている。

(ヤバイ、淫乱姉妹に最後の一滴まで絞り取られて死んでしまいそう)
身の危険を感じながらも、彼女たちを決して手放したくない悟であった。

◉新人作品**大募集**◉

マドンナメイト編集部では、意欲あふれる新人作品を常時募集しております。採用された作品は、本人通知のうえ当文庫より出版されることになります。

【応募要項】未発表作品に限る。四〇〇字詰原稿用紙換算で三〇〇枚以上四〇〇枚以内。必ず梗概をお書き添えのうえ、名前・住所・電話番号を明記してお送り下さい。なお、採否にかかわらず原稿は返却いたしません。また、電話でのお問い合せはご遠慮下さい。

【送付先】〒一〇一-八四〇五 東京都千代田区神田三崎町二-一八-一一 マドンナ社編集部 新人作品募集係

浴衣ハーレム 幼なじみとその美姉

著者◉竹内けん【たけうち・けん】

発行◉マドンナ社
発売◉二見書房 東京都千代田区神田三崎町二-一八-一一
電話 〇三-三五一五-二三一一(代表)
郵便振替 〇〇一七〇-四-二六三九

印刷◉株式会社堀内印刷所 製本◉株式会社村上製本所 落丁・乱丁本はお取替えいたします。定価は、カバーに表示してあります。

ISBN978-4-576-20103-0 ◉Printed in Japan

マドンナメイトが楽しめる! マドンナ社 **電子出版**(インターネット)……https://madonna.futami.co.jp/

無垢な小悪魔たち言いなりハーレムの8日間
諸積直人/おませな美少女たちの言いなりになった挙句…